오늘의 투

Шинель by Н. В. Гоголь
Illustration copyright ⓒ Noemí Villamuza
Korean translation copyright ⓒ MUNHAKDONGNE Publishing Corp., 2011
All rights reserved.

This Korean edition is published by arrangement
with Nórdica Libros c/o SalmaiaLit. Agency through MOMO Agency, Seoul.

이 책의 한국어판 저작권은 모모 에이전시를 통해
Nórdica Libros c/o SalmaiaLit. Agency 사와 독점 계약한 (주)문학동네에 있습니다.
저작권법에 의해 한국 내에서 보호를 받는 저작물이므로
무단 전재 및 무단 복제를 금합니다.

이 도서의 국립중앙도서관 출판예정도서목록(CIP)은
서지정보유통지원시스템 홈페이지(http://seoji.nl.go.kr)와
국가자료종합목록 구축시스템(http://kolis-net.nl.go.kr)에서 이용하실 수 있습니다.
(CIP제어번호: CIP2011004436)

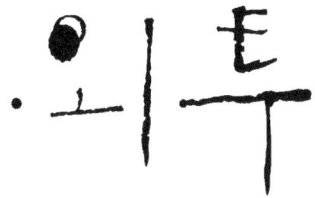

외투

니콜라이 고골 소설 | 노에미 비야무사 그림 | 이항재 옮김

문학동네

내 최고의 외투, 어머니께.

노에미

차례

국(局)에…… 그러나 어느 국인지는 말하지 않는 게 좋겠다. 모든 종류의 국, 연대, 사무실, 한마디로 모든 종류의 관리 계층보다 화를 더 잘 내는 부류도 없다. 요새는 개인도 누구나 자신이 당한 일을 사회 전체가 당한 모욕으로 생각한다. 어느 도시인지 기억나지는 않지만, 아주 최근에 어느 군(郡) 경찰서장이 청원서를 제출했다고 한다. 청원서에서 그는 국가의 법령이 무너지고 자신의 성스러운 이름이 쓸데없이 언급되고 있다고 분명하게 진술했다. 그 증거로 그는 방대한 분량의 어떤 낭만적인 작품 한 권을 청원서에 첨부했다. 그 작품에는 십 쪽마다 한 번씩 군 경찰서장이 등장하는데, 심지어 몇 군데선 만취한 모습으로 나온다. 그러니 온갖 불쾌한 일을 피하기 위해 문제가 되는 국을 그냥 어느 국이라고 부르는 게 좋겠다. 그리하여 어느 국에 어떤 관리가 근무하고 있었다. 아주 뛰어난 관리라고는 말할 수 없다. 작달막한 키에 얼굴이 약간 얽은 관리는 머리칼이 약간 불그스레하고, 겉보기에도 시력이 별로 좋지 않고, 이마는 약간 벗어진 데다 양 볼에는 주름이 지고, 안색은 치질환자 같았다…… 어쩌겠는가! 페테르부르크의 기후 탓인 것을. 관등에 대해 말하자면(우리나라에서는 맨 먼저 관등부터 밝혀야 하니까), 그는 이른바 만년 9급 문관이었다. 알다시피 밟혀도 끽 소리 한번 못하는 사람들을 짓누르는 칭찬할 만한 습성을 지닌 온갖 작가들이 실컷 조롱하고 실컷 비꼬고 실컷 비아냥대는 바로 그 9급 문관. 이 관리의 성은 바시마치킨이었다. 명칭만 봐도 이 성은 바시마크*에서 유래했음이 분명하다. 그러나 언제, 어느 때에, 어떻게 바시마크에서 유래했는지는 전혀 알려지지 않았다. 아버지도, 할아버지도, 심지어 처남까지도 바시마치킨 집안사람들은 모두 장화를 신고 다녔고, 일 년에 세 번 정도만 밑창을 갈았다. 이 관리의 이름은 아카키 아카키예비치**였다. 아마 독자에게 이 이름은 좀 이상하고 힘들여 찾아낸 이름처럼 보이겠지만, 단언컨대 결코 어렵게 찾아낸 것이 아니라 도저히 다른 이름을 지어줄 수 없는 상황이 저절로 벌어진 것인데, 사정인즉 이렇다. 기억이 틀리지 않다면, 아카키 아카

---

* 러시아어로 바시마크는 단화, 목이 짧은 장화라는 의미이다.
** 러시아인의 성명은 이름, 부칭(父稱), 성으로 이루어진다. 이 경우에 아카키는 이름, 아카키예비치는 부칭인데 이는 아카키의 아들이라는 뜻이다.

키예비치는 3월 23일 밤에 태어났다. 돌아가신 그의 어머니는 관리의 아내로 아주 착한 부인이었고, 당연히 아기에게 세례를 받게 하려고 했다. 어머니는 아직 방문 맞은편에 놓인 침대에 누워 있었고, 그녀의 오른쪽에는 원로원 과장으로 근무했던 매우 훌륭한 인물인 대부 이반 이바노비치 예로시킨과 구(區) 경찰서장의 아내이자 보기 드물게 덕이 있는 대모 아리나 세묘노브나 벨로브류시코바가 서 있었다. 그들은 산모에게 세 가지 이름 중에서 마음에 드는 것을 고르도록 했다. 모키 혹은 소시, 아니면 순교자의 이름을 따서 호즈다자트로 이름을 지으라고 했다. 고인이 된 산모는 잠시 생각하더니 말했다. "싫어요. 이름들이 다 그저 그래요." 그들은 그녀를 만족시키기 위해 달력의 다른 장을 펼쳤다.* 이번에는 트리필리, 둘라, 바라하시라는 세 개의 이름이 나왔다. "이건 진짜 벌이로군." 늙은 산모가 말했다. "무슨 이름이 다 이 모양이람. 정말이지 한 번도 들어보지 못한 이름들이야. 바라다트나 바루흐라면 또 몰라도 트리필리와 바라하시라니." 달력을 또 한 장 넘기자 팝시카히와 바흐티시라는 이름이 나왔다. "음, 이제 알겠어요." 늙은 산모가 말했다. "아마도 이 아이의 운명인가봐요. 그렇다면 차라리 애아버지의 이름을 따서 짓는 게 낫겠어요. 아버지 이름이 아카키였으니 아들 이름도 아카키로 해요." 이렇게 해서 아카키 아카키예비치란 이

---

* 여기서 말하는 달력은 하루 한 장씩 넘기는 일력으로, 각 장에는 그날에 태어난 성인의 이름이 나오고 그의 행적이 기술되어 있다.

름이 탄생한 것이다. 아이에게 세례를 주자 아이는 울음을 터뜨렸고, 마치 자신이 9급 문관이 될 것을 예감이라도 한 듯 얼굴을 찡그렸다. 결국 이 모든 일은 바로 이렇게 일어났던 것이다. 굳이 이런 이야기를 꺼낸 이유는 이 일이 완전히 불가피하게 일어났고, 아기에게 다른 이름을 지어주기가 도저히 불가능했음을 독자가 스스로 알 수 있도록 하기 위해서다. 언제 어느 때 그가 국에 들어왔고, 누가 그를 임명했는지는 아무도 기억하지 못했다. 국장과 부장이 수없이 바뀌었지만, 그는 늘 같은 자리와 같은 지위, 그리고 같은 직무에서 변함없이 서류를 필사했다. 그래서 나중에 사람들은 그가 대머리에 제복을 입고, 이미 관리가 될 준비를 완전히 한 채로 세상에 태어났을 거라고 믿게 되었다. 국에서는 어느 누구도 그를 존경하지 않았다. 경비원들은 그가 지나갈 때 자리에서 일어나지 않았을 뿐만 아니라, 흔한 파리 한 마리가 응접실을 날아가는 양 그에게 눈길조차 주지 않았다. 부장들은 어쩐지 좀 냉정하게 폭군처럼 그를 대했다. 어떤 부계장은 "정서해주시오"라든가, "이건 흥미롭고 좋은 일이오"라든가, 아니면 예의를 아는 부서에서 쓰는 뭔가 기분 좋은 말 한마디 없이 그의 코앞에 서류를 불쑥 들이밀곤 했다. 그러면 그는 누가 서류를 갖다놓았는지, 그 사람에게 그럴 권리가 있는지 살피지도 않고 그저 서류만 바라보며 일을 맡곤 했다. 그는 서류를 받아서 곧바로 정서하기 시작했다. 젊은 관리들은 사무적인 기지를 맘껏 발휘해 그를 조롱하고 놀려댔으며, 그의 면전에서 그와 일흔 살 먹은 그의 하

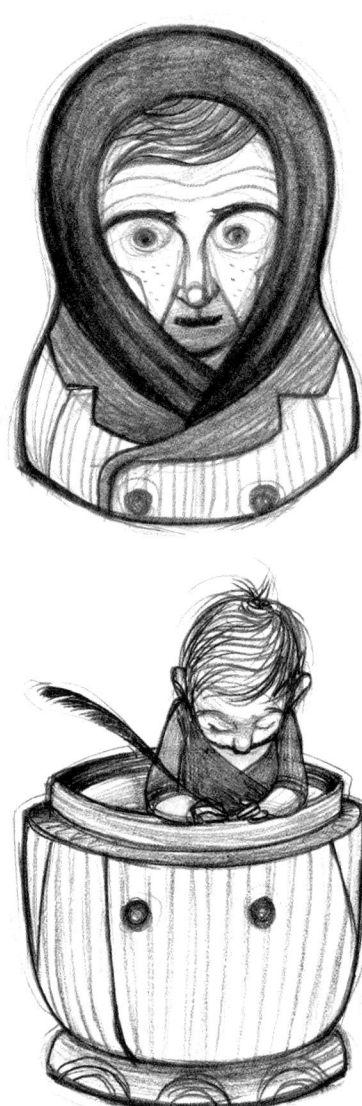

숙집 여주인에 대해 꾸며낸 여러 이야기를 하곤 했다. 그들은 노파가 그를 때린다고 말하거나 언제 노파와 결혼하느냐고 물었으며, 그의 머리에 종잇조각을 뿌리면서 눈이 온다고 하기도 했다. 그러나 아카키 아카키예비치는 마치 자기 앞에 아무도 없다는 듯 한마디 대꾸도 하지 않았다. 젊은 관리들의 놀림은 그의 일에 전혀 영향을 주지 않았다. 이 모든 짓궂은 언행에도 불구하고 그는 정서하는 데 어떤 실수도 하지 않았다. 단지 농담이 참을 수 없을 만큼 심하거나 사람들이 팔꿈치를 밀치며 일을 방해하면 이렇게 말하곤 했다. "날 내버려둬요. 왜 날 모욕하는 거요?" 그런데 그의 말과 목소리에는 이상한 무언가가 있었고, 강한 연민을 불러일으키는 무언가가 느껴졌다. 최근에 국에 들어온 한 젊은이는 다른 동료들을 따라 그를 조롱하려다 마치 뭔가에 찔리기라도 한 듯 갑자기 그만두었다. 그때부터 그의 앞에 있는 모든 것이 변한 것 같았고 다른 모습으로 보이는 것 같았다. 어떤 이상한 힘 때문인지 그는 지금껏 점잖은 사교계 사람들이라고 생각하며 알고 지내던 동료들과도 멀어졌다. 그후로도 오랫동안 가장 즐거운 순간에, 이마가 벗어진 작달막한 관리가 가슴을 찌르는 듯한 목소리로 "날 내버려둬요, 왜 날 모욕하는 거요?"라고 말하는 모습이 그 젊은이의 눈앞에 떠오르곤 했다. 이 가슴을 찌르는 듯한 말 속에서 "나는 당신의 형제요"라는 또다른 말이 울렸다. 그러면 이 가엾은 젊은이는 한 손으로 자기 얼굴을 가렸고, 그후 평생 동안 인간에게 비인간적인 면이 얼마나 많은지, 세련되고 교양 있는 사교계 사람들에게조차, 오 하느님, 사교계에서 고결하고 정직하다고 인정받는 사람들에게조차 잔인하고 무례한 면이 얼마나 많이 숨어 있는지를 보면서 여러 번 몸서리를 쳤다……

아카키 아카키예비치처럼 자신의 직무에 충실했던 사람은 어디에서도 찾아볼 수 없을 것이다. 열심히 일했다는 말로는 부족하다. 아니, 그는 애정을 가지고 일했다. 정서하는 일에서 그는 다채롭고 즐거운 자신만의 세계를 발견했다. 즐거움은 그의 얼굴에도 나타났다. 그는 몇몇 글자를 특별히 좋아했는데, 그 글자들을 발견하면 마음의 평정을 잃고 슬쩍 웃음을 짓기도 하고, 눈을 깜박이기도 하고, 입술을 움찔거리기도 했다. 그가 펜으로 무슨 글자를 쓰는지 그의 얼굴에서 모두 읽어낼 수 있을 정도였다. 그에게 열성에 걸맞은 상을 주었다면, 그 자신도 놀라겠지만, 아마 5급 문관은 되었을 것이다. 그러나 그가 근속해서 얻은 것이라곤 독설가인 동료들의 표현대로 단춧구멍의 훈장 걸쇠와 치질뿐이었다. 그렇다고 그에게 주의를 기울이는 사람이 아무도 없었다고는 말할 수 없다. 어느 선량한 국장은 그의 장기근속에 대한 보상으로 평범한 정서 업무보다 뭔가 더 중요한 일을 그에게 맡기라고 지시했다. 그리하여 그는 이미 준비된 서류를 가지고 다른 관청으로 보낼 어떤 연락문서를 만들라는 지시를 받았다. 서류 제목을 바꾸고 군데군데 동사를 일인칭에서 삼인칭으로 바꾸는 일이었다. 그는 이 일이 너무 힘들어서 땀을 뻘뻘 흘렸고, 이마를 훔치고 나서 마침내 이렇게 말했다. "못하겠어요. 차라리 뭔가를 정서하게 해주세요." 그후로 그는 늘 정서하는 일만 맡게 되었다. 정서 말고는 그에게 아무것도 존재하지 않는 것 같았다. 그는 자신이 입은 옷에도 전혀 신경 쓰지 않았다. 그의 제복은 녹색이 아니라 불그스레한 밀가루 같은 색이었다. 실제로 그는 목이 길지 않았지만, 제복의 옷깃이 좁고 낮아서 그 옷깃에서 비어져 나온 그의 목은 이상하게 길어 보였다. 그 모습은 마치 러시아에 사는 외국인들이 수십 개씩 머리에 이고 팔러 다니는, 흔들거리는 머리가 달린 석고로 만든 새끼고양이의 목 같았다. 그리고 그의 제복에는 항상 건초 부스러기나 가는 실 같은 게

붙어 있었다. 게다가 그는 사람들이 창문으로 온갖 쓰레기를 버리는 바로 그 순간에 창문 밑을 지나가는 특별한 재주가 있었다. 이 때문에 그의 모자 위에는 늘 참외나 수박 껍질 같은 잡동사니가 얹혀 있었다. 그는 살면서 단 한 번도 거리에서 매일 일어나고 벌어지는 일에, 알다시피 그의 동료인 젊은 관리가 보도 반대편에 있는 누군가의 바짓부리를 매는 끈이 떨어진 것까지 알아챌 만큼 기민하고 예리한 눈길로 항상 쳐다보는 것, 그래서 언제나 그 관리의 얼굴에 교활한 미소를 짓게 하는 것에 주의를 돌리지 않았다.

그러나 아카키 아카키예비치는 뭘 쳐다보든 거기에서 자신의 가지런한 글씨체로 정성껏 쓰인 깔끔한 문장들을 보았고, 어디선가 갑자기 나타난 말이 그의 어깨에 낯짝을 얹고 뺨에 콧김을 불 때에야 비로소 자기가 서류를 정서하고 있는 게 아니라 길 한가운데에 있다는 사실을 깨닫곤 했다. 집에 돌아오면 그는 늘 같은 시간에 식탁에 앉아 무슨 맛인지도 전혀 모른 채, 파리가 붙어 있든 뭔지 모를 이상한 것이 들어 있든 상관하지 않고 양배춧국을 급하게 떠먹고 양파를 곁들인 소고기 한 조각을 모두 먹어 치웠다. 배가 불룩해진 느낌이 들면 그는 식탁에서 일어나 잉크통을 꺼내 집으로 가져온 서류를 정서하기 시작했다. 해야 할 일이 없으면 자기만족을 위해, 자신만을 위해 일부러 서류를 베껴 적었다. 문체가 유달리 아름답다기보다는 주로 수신인이 새로운 사람이거나 중요한 인물인 서류들이었다.

페테르부르크의 잿빛 하늘이 완전히 어둑어둑해지고 모든 관리가 저마다 자신이 받는 봉급과 취향에 따라 배불리 식사를 마친 바로 그 시각에, 사무실의 사각대는 펜 소리와 부산함, 자신과 다른 사람들이 반드시 해야 하는 일, 그리고 지칠 줄 모르는 사람들이 자진해서, 심지어 필요 이상으로 떠맡았던 모든 일을 뒤로하고 모두가 이미 휴식에 들어간 바로 그 시각에, 남은 시간을 서둘러 즐기기 위해 혹자는 재빨리 극장으로, 혹자는 모자를 구경하러 거리로, 혹자는 작은 관리사회의 스타로 떠오른 어느 아리따운 아가씨에게 아첨하러 야회(夜會)로, 혹자는, 이것이 가장 흔한 경우인데, 아파트의 3층이나 4층에 위치한, 몇 끼 식사와 야유회를 포기하는 패 큰 희생의 대가로 사들인 몇몇 유행하는 물건과 램프와 다른 세간을 갖춘 작은 방두 개에 현관이나 부엌이 딸린 집에 사는 동료에게 달려가는 바로 그 시각에, 한마디로 말해 모든 관리가 뿔뿔이 흩어져 친구의 작은 아파트로 가서 차를 홀짝이며 값싼 건빵을 먹고 긴 담뱃대에서 연기를 내뿜으며 휘스트 놀이를 하고, 카드 패를 돌리면서 러시아인이라면 어떤 상황에서도 결코 관심을 갖지 않을 수 없는 상류사회에서 흘러나온 유언비어를 지껄이거나, 할 얘기가 없으면 팔코네가 만든 동상*의 말 꼬리가 잘렸다는 신고를 받은 위수 사령관에 관한 오래된 일화라도 되풀이하는 바로 그 시각에, 다시 말해 모두가 기분 전환을 하려고 애쓰는 바로 그 시각에 아카키 아카키예비

---

* 프랑스 출신 조각가 팔코네가 만든 표트르 대제의 청동 기마상.

치는 그 어떤 유흥에도 빠지지 않았다. 그러니 그 누구도 그를 어떤 야회에서 본 적이 있다고 말할 수 없었다. 그는 실컷 정서를 한 뒤 '내일은 하느님이 어떤 정서할 거리를 보내주실까?' 하고 생각하면서 미소를 띤 얼굴로 잠자리에 들었다. 사백 루블의 급료를 받고 자기 운명에 만족할 줄 알았던 사람의 평온한 생활은 그렇게 흘러가고 있었다. 만약 9급 문관뿐 아니라 3급, 4급, 7급 문관과 '조언자'라는 칭호가 붙은 온갖 문관*, 심지어 누구에게도 조언을 해본 적이 없고 받아본 적이 없는 사람들의 인생길에도 흩뿌려져 있는 여러 불행만 아니었다면 아마 노년까지 그렇게 흘러갔을 것이다.

　페테르부르크에는 연봉 사백 루블이나 그 정도 급료를 받는 모든 사람에게 강력한 적이 하나 있다. 다름 아닌 북쪽의 한파다. 비록 이것이 건강에 아주 좋다고 말들은 하지만, 관청으로 출근하는 사람들이 거리를 가득 메우는 아침 여덟시부터 아홉시 사이에 한파가 사람들의 코끝을 닥치는 대로 강하고 매섭게 후려치기 시작하면, 불쌍한 관리들은 코를 어디에 둬야 할지 전혀 모른다. 직책이 높은 관리들조차 혹한으로 이마가 아프고 눈에서 눈물이 나오는 이 시간에 가련한 9급 문관들은 이따금 무방비 상태가 된다. 유일한 자구책은 얇고 초라한 외투로 몸을 감싸고 대여섯 개 거리를 가능

---

* 러시아의 관등은 문관과 무관으로 구분되어 있고, 각각 1급부터 14급까지 있다. 이중 1급부터 7급, 9급 관리의 명칭에 조언자라는 칭호가 붙는다. 여기에서 고골은 '조언'이라는 말을 가지고 말장난을 하고 있다.

하면 빨리 뛰어 지나가, 길에서 꽁꽁 얼어붙은 모든 직무 능력과 재능이 녹을 때까지 현관 수위실에서 발을 동동 구르는 것이다. 아카키 아카키예비치는 늘 같은 거리를 가능한 한 빨리 뛰어가려 애썼지만, 얼마 전부터 등과 어깨가 유난히 시리다는 느낌을 받기 시작했다. 마침내 그는 외투에 무슨 문제가 있을지도 모른다고 생각했다. 집에 와서 외투를 잘 살펴보니 등과 어깨 부분 두세 군데가 흡사 거친 무명처럼 닳아 있었다. 양복지는 속이 비

칠 정도로 해졌고 안감은 찢어져 너덜너덜했다. 아카키 아카키예비치의 외투가 동료 관리들의 놀림감이 되었다는 것도 알아둘 필요가 있겠다. 그들은 그것에서 외투라는 고상한 이름마저 빼앗고 "실내복"이라고 부르곤 했다. 실제로 그 외투의 모양이 기이하기도 했다. 옷깃을 잘라내 외투의 다른 부분에 덧대느라 외투 깃이 해마다 점점 줄어든 것이다. 재봉사의 솜씨가 시원찮아서인지 덧댄 부분은 자루처럼 헐렁하고 보기 흉했다. 문제가 뭔지 알게 된 아카키 아카키예비치는 페트로비치에게 외투를 가져가기로 결심했다. 페트로비치는 뒷계단을 따라 올라가는 4층 어딘가에 사는 재봉사로 애꾸눈에다 얼굴은 온통 마마자국투성이였지만 관리의 바지나 다른 온갖 종류의 바지와 연미복을 꽤 잘 수선했다. 물론 술에 취하지 않은 상태에서 머릿속으로 다른 생각을 하고 있지 않을 때에만. 이 재봉사에 대해 많은 말을 할 필요는 없을 테지만, 소설에서는 모든 인물의 성격을 철저하게 묘사해야 하니 어쩔 수 없이 여기서 페트로비치를 살펴보기로 하자. 처음에 그는 그냥 그리고리로 불렸는데, 어느 지주의 농노였다. 농노해방증서를 받은 뒤로 그는 페트로비치로 불리기 시작했고, 축일마다 술을 꽤 거나하게 마시기 시작했다. 처음에는 큰 축일에만 마시다가, 차츰 달력에 십자 표시가 되어 있는 교회 축일마다 가리지 않고 퍼마시기 시작했다. 이 점에서 그는 선조의 관습을 충실히 따랐다. 아내와 말다툼을 할 때면 그는 아내를 속인이니 독일 여편네니 하고 불러댔다. 말이 나왔으니 그의 아내에 대해서도 한두 마디 할 필요가 있겠다. 그러나 페트로비치에게 아내가 있고, 그녀가 머릿수건이 아니라 실내모를 쓰고 다닌다는 것 말고는 유감스럽게도 그녀에 대해 알려진 바가 별로 없다. 그다지 내세울 만한 미모는 아니었다. 그래도 최소한 근위대 병사들만은 그녀를 보면 콧수염을 움찔거리고 이상한 목소리를 내면서 그녀의 실내모 아래쪽을 힐끗거리곤 했다.

페트로비치의 집으로 통하는 계단을 따라 올라가면서, 사실대로 말해 온통 물과 구정물 천지이고, 다 알다시피 페테르부르크 집들 뒷계단 어디서나 맡을 수 있는 눈을 자극하는 알코올 냄새가 짙게 배어 있는 계단을 따라 올라가면서, 아카키 아카키예비치는 벌써부터 페트로비치가 얼마를 요구할지 생각하며 이 루블 이상은 주지 않겠다고 마음먹었다. 안주인이 무슨 생선을 요리하는지 바퀴벌레조차 보이지 않을 정도로 부엌에서 연기가 많이 났기 때문에 문은 열려 있었다. 아카키 아카키예비치는 안주인이 눈치채지 못하게 부엌을 지나 방으로 들어갔다. 방 안에는 페트로비치가 칠을 하지 않은 넓은 나무탁자 앞에 터키 총독처럼 양반다리를 하고 앉아 있었다. 일하는 중에 재봉사들이 으레 그렇듯 그도 맨발이었다. 아카키 아카키예비치의 눈에 낯익은 엄지손가락과 거북이 등껍데기처럼 두껍고 단단하며 흉측한 손톱이 맨 먼저 들어왔다. 페트로비치의 목에는 명주실 한 꾸리와 보통 실꾸리가 걸려 있고 무릎 위에는 헌옷이 놓여 있었다. 그는 벌써 삼 분 동안이나 바늘귀에 실을 꿰려고 애썼지만, 실이 꿰어지지 않자 "들어

가지 않네, 이 잡것 같으니, 날 애먹이는군, 이 망할 놈의 것!"하고 나지막이 투덜거리며 어둠에게, 심지어 실에게 버럭 화를 냈다. 페트로비치가 화를 내는 바로 그 순간에 도착한 아카키 아카키예비치는 기분이 썩 좋지 않았다. 그는 페트로비치가 술에 취해 약간 허세를 부릴 때, 혹은 그의 아내 표현대로 "애꾸눈 악마가 술에 푹 질었을 때" 뭔가 주문하기를 좋아했다. 그런 상태일 때면 페트로비치는 대개 아주 즐겁게 양보하고 가격에 합의했으며, 매번 인사를 하고 고마워하기까지 했다. 사실 그러고 나면 그의 아내가 찾아와 남편이라는 작자가 술에 취해 헐값에 일을 맡았다고 징징댔다. 그럴 경우에는 십 코페이카 은화 하나만 얹어주면 일이 잘 풀렸다. 그런데 지금 페트로비치는 술에 취하지 않은 것 같았다. 그는 완고하고 고집이 센 사람이라 얼마나 높은 가격을 부를지 도무지 짐작할 수 없었다. 아카키 아카키예비치는 이것을 알아채고 모두 없었던 일로 하고 싶었지만 이미 때는 늦었다. 페트로비치가 하나뿐인 눈을 가늘게 뜨고 그를 빤히 쳐다보았고, 아카키 아카키예비치는 저도 모르게 입을 열었다.

"잘 있었나, 페트로비치!"

"건강하시길 빕니다, 나리." 이렇게 말하고 페트로비치는 어떤 먹잇감을 가져왔나 살펴보려고 아카키 아카키예비치의 손을 곁눈질했다.

"여기 자네에게, 페트로비치, 그게……"

아카키 아카키예비치는 주로 전치사와 부사, 그리고 마지막에 별 의미가 없는 소사(小詞)를 사용해 말을 한다는 것을 알아둘 필요가 있다. 매우 곤란한 문제일 경우에는 심지어 문장을 끝맺지 못하는 습관까지 있었다. 그래서 그는 종종 '이건, 사실은, 완전히……' 같은 단어로 말을 시작해 아무 말도 더 하지 못한 채 할 말을 이미 다 했다고 생각하며 정작 해야 할 말은 잊어버리곤 했다.

"그게 뭐죠?" 이렇게 말하는 동시에 페트로비치는 외눈으로 옷깃부터 소매, 등, 옷자락, 단춧구멍까지 그의 제복을 샅샅이 훑어보았다. 이 모든 것이 원래 그의 일이기 때문에 그에겐 아주 익숙했다. 이게 바로 재봉사의 습관이다. 그가 사람들을 만나면 맨 처음 하는 것도 바로 이렇게 옷을 살펴보는 일이다.

"저, 여기, 페트로비치…… 외투가, 양복지가…… 보다시피 다른 데는 다 멀쩡해. 먼지가 조금 묻어서 낡아 보이지만 새거라네. 단지 한 군데가 좀…… 등 쪽, 그리고 여기 한쪽 어깨도 조금 해졌어. 여기 이쪽 어깨도 조금 해졌고. 보다시피 이게 전부야. 조금 손을 보면……"

페트로비치는 실내복 같은 외투를 집어 우선 책상 위에 펴놓고 오랫동안 살펴보다 고개를 젓더니 창 쪽으로 한 손을 뻗어 어떤 장군의 초상화가 그려진 둥근 담뱃갑을 집었다. 손가락으로 하도 만져서 얼굴이 그려진 자리가 뚫어졌고, 그 구멍에 네모난 종잇조각을 붙여놓아서 어떤 장군인지 알 수 없었다. 페트로비치는 코담배 냄새를 맡고 나서 그 실내복을 두 손 위에

넓게 펼쳐 불빛에 대고 살펴보더니 다시 한번 고개를 저었다. 그러고는 옷을 뒤집어 안감을 보고는 또다시 고개를 저었다. 그는 다시 종잇조각을 붙인, 장군의 초상화가 그려진 담뱃갑 뚜껑을 열어 담배를 코에 갖다 대더니 뚜껑을 닫고 담뱃갑을 치운 뒤 마침내 이렇게 말했다.

"안 됩니다. 고칠 수 없어요. 옷이 닳을 대로 닳았어요!"

아카키 아카키예비치는 이 말을 듣고 가슴이 철렁 내려앉았다.

"왜 안 된다는 건가, 페트로비치?" 그는 거의 어린아이가 애원하는 듯한 목소리로 말했다. "겨우 어깨가 좀 해졌을 뿐인데, 자네에겐 덧댈 천 조각 같은 게 있지 않은가……"

"예, 천 조각이야 구할 수도 있고, 가지고 있는 것도 있지요." 페트로비치가 말했다. "그러나 꿰맬 수가 없어요. 양복지가 완전히 삭았어요. 바늘을 갖다 대면 찢어질걸요."

"찢어지면 즉시 바대를 대면 되지."

"바대를 댈 곳도 없고, 바대를 단단히 꿰맬 수도 없어요. 너무 오래 입어서 천이 닳고 닳았어요. 말이 양복지지 바람만 불어도 찢어져 날아갈 겁니다."

"그래도 좀 덧대보게. 어떻게 이럴 수가, 정말, 이런……"

"안 됩니다." 페트로비치가 단호하게 말했다. "어쩔 수가 없어요. 양복지가 완전히 삭았어요. 추운 겨울이 오면 양말로는 보온이 안 될 테니 이걸로 각반이나 만들어 쓰는 게 좋을 겁니다. 이것도 독일인이 돈을 더 많이 긁어

모으려고 고안해냈죠(페트로비치는 기회가 있을 때마다 독일인에 대해 빈정대기를 좋아했다). 외투를 새것으로 하나 장만하셔야 할 것 같습니다."

'새것'이라는 말에 아카키 아카키예비치는 눈앞이 캄캄해졌다. 방 안에 있는 모든 것이 갑자기 뒤죽박죽되었다. 얼굴에 종이를 붙인, 페트로비치의 담뱃갑 뚜껑에 그려진 장군만 또렷하게 보였다.

"새것이라니?" 그는 잠꼬대하듯 말했다. "내겐 그럴 돈이 없네."

"예, 새것을 장만하셔야 합니다." 페트로비치는 잔인할 정도로 침착하게 말했다.

"그럼 새것을 맞춘다면, 그게 어떻게……"

"그러니까 값이 얼마냐는 거죠?"

"그래."

"오십 루블짜리 세 장에 좀더 얹어주셔야죠." 페트로비치는 이렇게 말하고 의미심장하게 입을 꾹 다물었다. 그는 강렬한 효과를 아주 좋아했다. 갑자기 상대방을 완전히 당황하게 만들고 나서, 그 말을 듣고 당황한 상대방이 어떤 표정을 짓는지 곁눈질로 살피는 것을 좋아했다.

"외투 하나에 백오십 루블이라고!" 가엾은 아카키 아카키예비치가 소리쳤다. 그의 목소리는 언제나 유달리 조용했기 때문에, 그가 이렇게 큰 소리를 지른 건 아마 생전 처음이었을 것이다.

"그렇습니다." 페트로비치가 말했다. "그러나 그건 그리 대단한 외투가 아니지요. 옷깃에 담비 가죽을 달고 후드에 비단 안감을 대면 이백 루블까지도 나갈 겁니다."

"페트로비치, 부탁하네." 아카키 아카키예비치는 페트로비치가 한 말과 그 말의 모든 효과를 듣지 않고, 또 듣지 않으려고 애쓰며 애원하는 목소리로 말했다. "어떻게든 고쳐서 얼마간이라도 더 입고 다닐 수 있게 해주게."

"아, 안 됩니다. 일은 일대로 망치고 괜히 돈만 날리게 될 겁니다." 페트로비치가 말했다. 아카키 아카키예비치는 완전히 사색이 되어 밖으로 나왔다.

그런데 페트로비치는 그가 떠난 후에도 의미심장하게 입을 꾹 다문 채 일감에 손도 대지 않았다. 그는 자신의 품위를 떨어뜨리지도 않고, 재봉사 기술의 체면도 훼손하지 않은 것에 만족하며 오랫동안 서 있었다.

거리로 나온 아카키 아카키예비치는 마치 꿈을 꾸는 것 같았다. "이런 일이, 이런." 그는 혼자 중얼거렸다. "정말이지, 일이 이렇게 될 줄은 생각도 못했어……" 그러고 나서 잠시 침묵하다 덧붙였다. "어떻게 이런 일이! 결국 이렇게 되고 말았어. 정말이지 이렇게 되리라곤 전혀 예상치 못했어." 그리고 다시 오랫동안 침묵하고 나서 말했다. "이렇게 되고 말았어! 정말 전혀 예상치 못했어. 그게…… 절대 있을 수 없는…… 이런 상황이!" 그는 집과는 정반대 방향으로 걸어가면서 자기가 집으로 가고 있다는 것을 의심하지 않았다. 도중에 굴뚝청소부가 더러운 옆구리로 그를 밀치는 바람에 어깨에 온통 검댕이 묻고, 공사 중인 집의 꼭대기에서 모자 하나 분량의

석회가 그에게 쏟아졌다. 그러나 그는 아무것도 알아채지 못했다. 미늘창을 옆에 세워두고 뿔 모양 담뱃갑을 흔들어 굳은살이 잔뜩 박인 주먹에 코담배를 털고 있던 입초 근무 경관과 부딪치고 나서야 약간 정신을 차렸다. 입초 근무 경관이 "왜 남의 코앞에 기어드는 거야? 인도가 안 보여?"라고 말했기 때문이다. 이 말을 듣고 그는 주위를 둘러보고는 집으로 발길을 돌렸다. 그제야 그는 생각을 정리하기 시작했고, 자신이 처한 상황을 있는 그대로 똑똑히 바라보았다. 이제는 띄엄띄엄 말하지 않고 이성적이고 솔직하게, 마치 가장 내밀한 문제에 대해 말할 수 있는 사려 깊은 친구와 얘기하듯 자기 자신과 얘기하기 시작했다. "그래, 아니야." 아카키 아카키예비치가 말했다. "지금 페트로비치와 얘기해선 안 돼. 그는 지금, 그게…… 어쩐지 아내한테 얻어맞은 것 같아. 그러니 일요일 아침에 찾아가는 게 낫겠어. 토

요일 밤에 술을 실컷 퍼마셨을 테니 한쪽 눈이 돌아가고 잠에 취해 있을 거야. 해장술을 마시고 싶어하겠지. 하지만 아내가 돈을 주지 않을 거야. 그때 십 코페이카짜리 은화 한 닢을 쥐여주면 그는 더 유순해질 거고, 그때 외투를 그렇게……" 아카키 아카키예비치는 이렇게 혼자 판단을 내리고 자신을 격려했다. 그는 첫번째 일요일까지 기다렸다가 페트로비치의 아내가 어디론가 외출하는 것을 멀리서 지켜보고는 곧장 페트로비치에게 갔다. 토요일 다음 날이라 예상대로 페트로비치는 한쪽 눈이 심하게 돌아가고, 바닥을 향해 머리를 푹 숙인 채 완전히 잠에 취해 있었다. 그럼에도 사태를 파악하자마자 그는 귀신한테라도 세게 떠밀린 것처럼 제정신을 차렸다. "안 됩니다." 그가 말했다. "새것을 주문하셔야 합니다." 바로 그때 아카키 아카키예비치는 그의 손에 십 코페이카 은화 한 닢을 찔러주었다. "감사합니다, 나리. 나리의 건강을 위해 한잔 마시겠습니다." 페트로비치가 말했다. "외투에 대해선 걱정하지 마십시오. 그 외투는 아무짝에도 쓸모가 없습니다. 새 외투를 멋지게 지어드릴 테니 그렇게 하기로 하시지요."

아카키 아카키예비치는 다시 한번 수선에 대해 말하려 했으나 페트로비치는 듣지도 않고 말했다. "새 외투를 꼭 지어드릴 테니 믿으세요. 최선을 다하지요. 최신 유행에 맞게 옷깃을 은도금한 호크로 채우게 할 수도 있습니다."

이제 아카키 아카키예비치는 새 외투를 맞출 수밖에 없다는 것을 알고 완

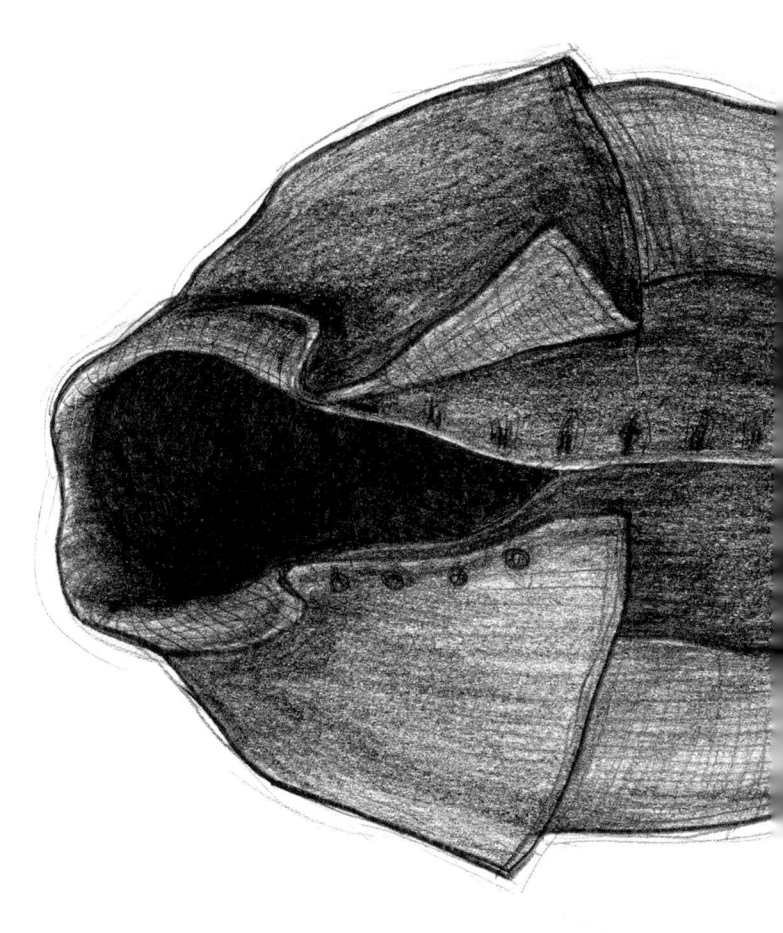

전히 기가 꺾였다. 정말 어떻게, 무슨 돈으로 외투를 맞춘단 말인가? 물론 일부는 앞으로 나올 명절 보너스로 충당할 수도 있을 것이다. 그러나 그 돈은 이미 오래전에 쓸 곳을 정해놓았다. 새 바지도 사야 하고, 헌 장화의 목 부분에 새 가죽을 덧대느라 구두수선공에게 진 묵은 외상도 갚아야 했다. 그리고 여자 재봉사에게 셔츠 세 벌과 출판되는 글에서 말하기는 민망하지만 속옷도 두 벌 주문해야 했다. 한마디로 여기저기에 모두 써야 할 돈이었다. 만일 국장이 아주 너그러워 사십 루블이 아니라 사십오 루블이나 오십 루블을 준다 해도, 남는 돈은 정말 푼돈이라 외투를 맞추기에는 새 발의 피일 것이다. 물론 그는 페트로비치가 변덕이 심해 갑자기 터무니없이 비싼 가격을 불러 그의 아내조차 참지 못하고 "뭐야, 미친 거 아냐, 이런 바보 같으니! 언제는 형편없는 가격으로 일을 맡더니, 이번엔 귀신이 들렸나, 주제넘게 그런 높은 가격을 부르다니" 하고 소리를 지른다는 것을 알고 있었다. 또 페트로비치가 팔십 루블에 일을 맡으리라는 것도 물론 알았지만, 그렇다고 해도 어디서 팔십 루블을 구한단 말인가? 절반 정도라면, 그 정도면 구할 수 있을 것도 같은데, 어쩌면 절반보다 좀더 구할 수 있을지도 모르지만, 나머지 반은 어디서 구한단 말인가?…… 그러나 우선 독자는 돈의 절반을 어디서 구할 수 있는지 알아야 한다. 아카키 아카키예비치는 일 루블을 쓸 때마다 뚜껑에 돈을 넣는 구멍이 뚫린, 열쇠로 잠근 작은 상자에 동화(銅貨) 반(半)코페이카를 넣어두는 습관이 있었다. 반년에 한 번씩 그는 모인 동전의 총액을 세어보고 그것을 은화로 바꾸었다. 오래전부터 그렇게 해왔고, 몇 년 동안 쌓인 총액이 사십 루블이 넘었다. 이렇게 절반은 수중에 있었다. 그러나 나머지 절반은 어디서 구한단 말인가? 나머지 사십 루블은 어디서 구하지? 아카키 아카키예비치는 생각하고 또 생각한 끝에 적어도 일 년 동안 일상의 지출을 줄일 필요가 있다고 결정했다. 저녁마다 마시던 차를 끊고, 저녁마다 켜던 촛불도 켜지 않고, 뭔가 해야 할 일이 있으면 주인 여자의 방으로 가서 그녀가 켜놓은 촛불 밑에서 하기로 했다. 길을 걸을 때는 구두 밑창이 빨리 닳지 않도록 가능한 한 가볍고 조심스럽게 거의 발끝으로 돌과 판석을 밟고, 속옷이 빨리 해지지 않도록 세탁부에게 가능하면 속옷 빨래를 덜 맡기고, 집에 돌아오면 매번 속옷을 벗고 아주 오래됐지만 잘 보관해온 목면 실내복만 걸치기로 했다. 솔직히 말해 처음엔 그런 절약하는 생활에 적응하기가 조금 어려웠지만, 어쩐지 차츰 익숙해졌고 순조롭게 진행되었다. 심지어 저녁마다 굶는 게 완전히 습관이 되었다. 그 대신에 그는 앞으로 생길 외투를 늘 마음속에 그리며 정신적인 양식을 섭취했다. 이때부터 그는 존재 자체가 어쩐지 더 완전해진 것 같았고, 마치 결혼이라도 한 것 같았고, 어떤 다른 사람과 함께 있는 것 같았고, 혼자가 아니라 마음에 드는 어떤 인생의 반려가 그와 함께 인생길을 가기로 동의한 것 같았다. 이 인생의 반려는 다름 아닌, 두툼하게 솜을 두고 닳지 않는 튼튼한 안감을 댄 바로 그 외투였다. 그는 어쩐지 더욱 활력이 넘쳤고, 심지어 자기

목표를 이미 정하고 세운 사람처럼 성격이 더 확고해졌다. 그의 얼굴과 행동에서 의심과 우유부단이, 한마디로 애매하고 주저하는 특징이 모두 저절로 사라졌다. 때때로 그의 눈에서는 불꽃이 보였고, '정말로 옷깃에 담비 가죽을 달아볼까'라는 아주 대담하고 용감한 생각이 머리에 퍼뜩 떠오르기까지 했다. 이런 생각을 하느라 그는 주의가 산만해졌다. 한번은 서류를 정서하다 거의 실수를 할 뻔해 "이크" 하고 크게 소리를 지르고 십자를 그었다. 적어도 한 달에 한 번씩 그는 어디서 양복지를 사는 게 더 좋은지, 얼마에 어떤 색깔 양복지를 살 것인지 등등 외투에 대한 이야기를 나누러 페트로비치에게 들르곤 했다. 좀 걱정은 되었지만, 필요한 모든 것을 구하고 외투가 완성될 날이 마침내 오리라고 생각하며 그는 언제나 만족해서 집으로 돌아왔다. 일은 예상보다 훨씬 빨리 진행되었다. 예상외로 국장은 아카키 아카키예비치에게 보너스로 사십 루블이나 사십오 루블이 아니라 육십 루블을 주기로 결정했다. 국장이 아카키 아카키예비치에게 새 외투가 필요하다는 것을 예감했는지, 아니면 우연히 일이 그렇게 풀린 건지는 알 수 없지만, 어쨌든 여윳돈 이십 루블이 갑자기 생긴 것이다. 이 덕분에 일의 진행이 빨라졌다. 두세 달 정도를 더 굶주린 끝에 아카키 아카키예비치는 정말로 팔십 루블을 얼추 모았다. 평소에 늘 평온하던 그의 심장이 뛰기 시작했다. 첫째 날, 그는 페트로비치와 함께 상점으로 갔다. 이미 반년 전부터 생각해온 일인 데다 가격을 맞추기 위해 상점에 들르지 않은 달이 거의 없었기 때문에 당연히 아주 좋은 양복지를 샀다. 페트로비치도 이보다 더 좋은 양복지는 없을 거라고 말했다. 안감으로는 옥양목을 골랐는데, 질이 좋고 질긴 것이 페트로비치의 말마따나 비단보다 더 낫고, 겉보기에도 더 아름답고 윤이 났다. 담비 가죽은 너무 비싸서 사지 않았다. 대신 상점에 있던 최상급 고양이 가죽을 골랐는데, 멀리서 보면 늘 담비 가죽으로 착각할 정도였다. 페트로비치는 솜을 많이 두느라 외투를 완성하는 데 이 주가 걸렸다. 그렇지 않았다면 더 빨리 완성했을 것이다. 페트로비치는 십이 루블을 받았는데, 더 싸게는 도저히 안 되었다. 어디나 명주실로 야무지게 꿰맨 데다 이음새 부분은 촘촘하게 이중으로 박음질했고, 나중에 모든 이음새를 직접 이로 깨물어 여러 모양을 냈기 때문이다. 그날은…… 정확히 무슨 요일인지 말하기는 어렵지만 페트로비치가 마침내 외투를 가져온 그날은 아카키 아카키예비치의 생애에서 가장 장엄한 날이었을 것이다. 페트로비치는 아침 무렵, 관청으로 출근해야 할 시각 바로 직전에 외투를 가져왔다. 이미 강추위가 시작되었고, 더욱더 심한 추위가 닥쳐올 것 같았기 때문에 외투는 더할 나위 없이 좋은 때에 도착했다. 페트로비치는 훌륭한 재봉사가 으레 그렇듯 직접 외투를 가지고 왔다. 그의 얼굴에는 아카키 아카키예비치가 지금껏 한 번도 보지 못했던 아주 의미심장한 표정이 어려 있었다. 그는 자신이 대단한 일을 해냈으며, 단순히 안감이나 대고 수선만 하는 재봉사와 새 옷을 짓는 재봉사는 엄연히 다르다는 것을 단번에 보여주었음을 충분히 의

식한 듯했다. 그는 싸가지고 온 보자기에서 외투를 꺼냈다. 그 보자기는 방금 세탁부에게 찾아온 것이었는데, 나중에 사용할 수 있도록 다시 접어서 주머니에 넣었다. 그는 외투를 두 손으로 받쳐 들고 매우 자랑스럽게 살펴보더니 아카키 아카키예비치의 어깨에 매우 능숙하게 걸쳐주었다. 그러고 나서 외투를 잡아당기고 한 손으로 등 뒤부터 아래쪽까지 잘 매만진 뒤 단추를 채우지 않은 채 외투를 여며주었다. 아카키 아카키예비치는 나이 든 사람답게 소매에 팔을 끼워보고 싶어했다. 페트로비치가 팔 넣는 것을 도와주었는데, 소매도 잘 맞았다. 한마디로 외투는 완벽했고, 그의 몸에 꼭 맞았다. 페트로비치는 이 순간에도 자기가 간판도 없이 작은 거리에서 장사를 하고, 게다가 아카키 아카키예비치와 오래전부터 알고 지냈기 때문에 그렇게 싸게 해준 거라는 말을 빠뜨리지 않았다. 그리고 넵스키 대로에서는 수공비로만 칠십오 루블을 받았을 것이라고 했다. 아카키 아카키예비치는 이에 대해 페트로비치와 논하고 싶지 않았고, 더욱이 페트로비치가 허풍을 떨며 엄청난 액수를 부를까봐 걱정했다. 그는 페트로비치에게 돈을 지불하고 고마움을 표시한 다음 즉시 새 외투를 입고 국으로 향했다. 페트로비치는 그의 뒤를 따라 나와 거리에 서서 멀어져가는 외투를 다시 한번 오랫동안 바라보았고, 일부러 샛길로 들어가 굽은 골목을 따라 아카키를 앞질러 가서 다시 거리로 달려 나와 반대쪽에서, 그러니까 정면에서 자신이 만든 외투를 한번 더 바라보았다. 한편 아카키 아카키예비치는 정말로

축제 기분을 느끼며 걸어갔다. 그는 어깨에 새 외투가 걸쳐져 있는 것을 매 순간 느꼈고, 내적인 만족감으로 몇 번 웃음까지 지었다. 실제로 새 외투는 두 가지 이점이 있었다. 하나는 따뜻하다는 것이고, 다른 하나는 기분이 좋다는 것이었다. 그는 어떻게 길을 지나왔는지 전혀 기억하지 못했다. 정신을 차리고 보니 어느새 국에 도착해 있었다. 현관 수위실에서 그는 외투를 벗어 두루 살펴본 후, 특별히 잘 보관해달라며 수위에게 맡겼다. 아카키 아카키예비치에게 새 외투가 생겼고 그 '실내복 같은 외투'가 이미 존재하지 않는다는 것을 국의 모든 사람이 별안간 어떻게 알게 되었는지는 알 수 없다. 바로 그 순간 모든 사람이 아카키 아카키예비치의 새 외투를 구경하러 수위실로 달려 들어왔다. 사람들이 축하인사를 하기 시작했다. 처음에 그는 그저 미소만 지었지만, 나중에는 부끄러워하기까지 했다. 모두가 그에게 다가와 새 외투를 위해 한잔 마시거나 적어도 자기들을 위해 야회를 열어야 한다고 떠들어대자, 아카키 아카키예비치는 완전히 당황해서 어찌해야 할지, 도대체 뭐라 대답하고 이 상황에서 벗어나야 할지 몰랐다. 몇 분이 지나고 그는 얼굴이 온통 빨개져서는 이것은 새 외투가 아니라 헌 외투나 다름없다고 꽤나 순진하게 사람들을 설득하려 했다. 마침내 관리 중 한 사람인 어떤 계장이 자기는 전혀 오만한 사람이 아니며 심지어 자기보다 직급이 낮은 사람들과도 교제한다는 것을 과시하려는 듯 말했다. "자, 이렇게 합시다. 내가 아카키 아카키예비치 대신 야회를 열 테니, 오늘 우리 집에 차

마시러 오세요. 뜻밖에도 오늘이 내 명명일(命名日)입니다." 관리들은 당연히 그 자리에서 계장에게 축하인사를 건넸고, 그의 제안을 기꺼이 받아들였다. 아카키 아카키예비치는 거절하려 했지만, 그건 무례하고 부끄럽고 창피한 일이라고 모두가 말하는 바람에 도저히 거절할 수 없었다. 그러나 잠시 후, 저녁에도 새 외투를 입고 다닐 일이 생겼다는 생각에 기분이 좋아졌다. 아카키 아카키예비치에게 이날은 온종일 가장 성대한 축일이었다. 그는 가장 행복한 기분으로 귀가해 외투를 벗어서 조심스럽게 벽에 걸어놓고 양복지와 안감을 다시 한번 살펴보았다. 그리고 완전히 너덜너덜해진

이전의 '실내복 같은 외투'를 일부러 꺼내 새 외투와 비교해보았다. 그는 낡은 외투를 힐끗 쳐다보고는 심지어 웃음까지 지으며 '정말 엄청난 차이가 나는군!' 하고 생각했다. 그후 그는 오랫동안 식탁에 앉아서 낡은 외투의 상태를 떠올리며 내내 쓴웃음을 지었다. 그는 즐겁게 식사를 했고, 식사 후에는 아무것도, 어떤 서류도 정서하지 않았으며, 날이 어두워질 때까지 침대에서 잠시 뒹굴었다. 그러고 나서 더 지체하지 않고 옷을 입고 어깨에 외투를 걸친 뒤 거리로 나갔다. 유감스럽게도 동료들을 초대한 관리가 어디에 살았는지는 정확히 말할 수 없다. 우리의 기억력이 심하게 떨어지기 시작한 데다 페테르부르크에 있는 모든 것, 모든 거리와 모든 집이 머릿속에서 뒤섞이고 뒤엉켜 거기서 뭔가를 정연한 형태로 끄집어내기가 매우 힘들기 때문이다. 어쨌든 적어도 한 가지 확실한 것은 그 관리가 시내의 가장 좋은 지역에 살았고, 관리의 집과 아카키 아카키예비치의 집은 아주 멀리 떨어져 있었다는 것이다. 처음에 아카키 아카키예비치는 가로등 불빛이 희미하게 비추는 어떤 인적이 드문 거리를 지나가야 했다. 그러나 그 관리가 사는 아파트에 가까워질수록 거리는 점점 활기가 넘치고 사람들도 많아지고 불빛도 훨씬 밝아졌다. 행인도 더 자주 나타났고, 아름답게 치장한 귀부인들도 보이기 시작했으며, 비버 털을 옷깃에 두른 남자들도 눈에 띄었다. 도금한 못을 박은 격자 모양 나무 썰매를 끄는 썰매꾼은 별로 보이지 않았다. 반면에 곰 가죽 모포를 깔고 래커칠을 한 썰매를 끄는, 검붉은 벨벳 모자를

쓴 고급마차의 마부들은 계속 눈에 띄었고, 잘 정돈된 마부석이 달린 사륜
마차가 눈 위에서 날카로운 바퀴 소리를 내며 거리를 질주했다. 아카키 아
카키예비치는 이 모든 것을 생전 처음 보듯 바라보았다. 벌써 몇 년째 저녁
에 거리에 나가지 않았던 것이다. 그는 환하게 불을 밝힌 가게의 유리 진열
장 앞에 멈춰 서서, 장화를 벗고 미끈한 다리 한쪽을 다 드러낸 아름다운 여
자가 그려진 그림을 호기심 있게 바라보았다. 그림 속 여자의 등 뒤로, 구레
나룻에 입술 밑에는 작은 삼각 수염을 멋지게 기른 어떤 남자가 다른 방문
에서 머리를 내밀고 있었다. 아카키 아카키예비치는 몇 번 머리를 젓고 미
소를 짓더니 가던 길을 재촉했다. 그가 왜 미소를 지었는지는 모른다. 그가
본 것이 아주 낯설긴 했지만 그런 것에 대해 누구나 가지고 있는 본능 때문
인지, 아니면 다른 많은 관리처럼 '저런, 프랑스인이란! 확실히 뭔가를 원
하면, 정말이지, 그걸 꼭……' 하고 생각했기 때문인지는 알 수 없다. 어쩌

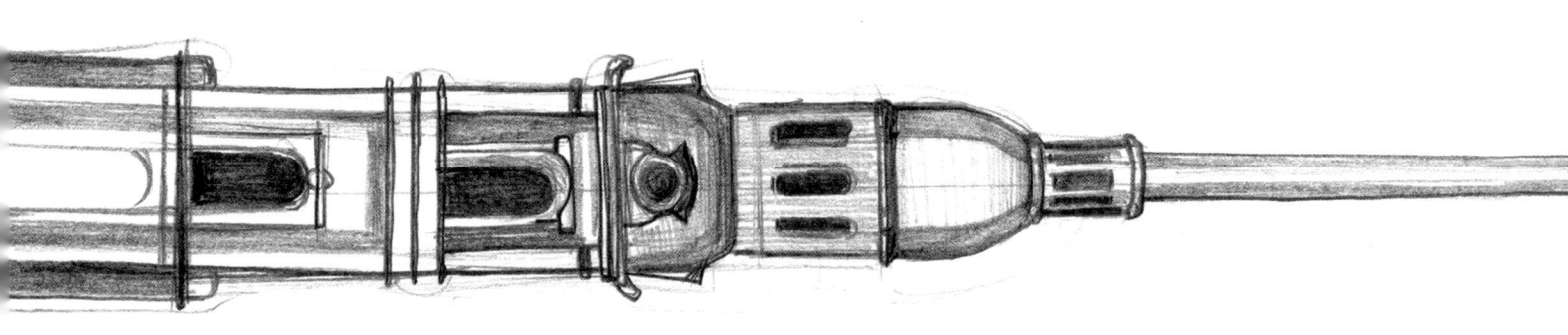

면 이런 생각조차 하지 않았을지도 모른다. 사람의 마음속을 들여다보고, 무슨 생각을 하는지 모두 알아내기란 어차피 불가능한 일이니 말이다. 마침내 아카키 아카키예비치는 계장의 집에 도착했다. 계장은 호화롭게 살고 있었다. 계단에는 등이 켜져 있었고, 계장의 집은 아파트 2층에 있었다. 현관에 들어선 아카키 아카키예비치는 바닥에 죽 널린 덧신을 보았다. 그 덧신들 사이 방 한가운데에서 사모바르가 요란한 소리를 내며 김을 뭉게뭉게 내뿜었다. 벽에는 온통 외투와 망토가 걸려 있었는데, 그중에는 옷깃에 비버 가죽을 댔거나 외투의 소맷단이나 주머니에 벨벳을 댄 것도 있었다. 벽 너머에서 소음과 말소리가 들려왔다. 하인이 문을 열고 빈 잔과 크림 그릇, 건빵을 담은 바구니가 놓인 쟁반을 들고 나오자, 소음과 말소리가 갑자기 크고 분명해졌다. 관리들은 이미 한참 전에 모여서 차를 한 잔씩 비운 듯했다. 아카키 아카키예비치가 직접 외투를 벽에 걸고 방으로 들어서자 그의

눈앞에 촛불, 관리들, 파이프, 카드용 탁자가 나타났고, 빠른 말소리와 의자 옮기는 소리가 사방에서 귀청을 때려 혼란스러웠다. 그는 방 한가운데에 아주 어색하게 멈춰 서서 주변을 둘러보며 자신이 무엇을 해야 할지 생각해내려고 애썼다. 그러나 그를 알아본 사람들이 먼저 소리를 지르며 그를 맞이했고, 모두들 즉시 현관으로 나가 다시 새 외투를 살펴보았다. 아카키 아카키예비치는 약간 당황하긴 했지만, 워낙 순진한 사람인지라 모두가 외투를 칭찬하는 것을 보고 기뻐하지 않을 수 없었다. 그러고 나자 말할 것도 없이 모두들 그와 외투를 내버려두고 평소처럼 카드용 탁자로 향했다. 소음, 말소리, 사람들의 무리. 이 모든 것이 아카키 아카키예비치에게는 어쩐지 낯설었다. 그는 무엇을 해야 할지, 손과 발을 어디에 두고 몸 전체를 어떻게 해야 할지 전혀 알 수 없었다. 마침내 그는 카드놀이 하는 사람들 옆에

앉아 카드를 들여다보기도 하고 이 사람 저 사람 얼굴을 쳐다보기도 했지만, 얼마 지나지 않아 하품이 나고 따분해지기 시작했다. 게다가 평소 같으면 잠자리에 들었을 시간이 이미 한참 지났다. 그는 주인에게 작별인사를 하고 싶었지만, 사람들은 새 외투를 장만한 기념으로 샴페인 한 잔을 꼭 마셔야 한다며 그를 놓아주지 않았다. 한 시간 후에 샐러드, 차가운 송아지 고기, 고기만두, 제과점에서 만든 과자, 샴페인으로 차려진 저녁이 나왔다. 아카키 아카키예비치는 사람들이 권해서 억지로 샴페인 두 잔을 마셨고 그러자 방 안 분위기가 더 흥겹게 느껴졌지만, 벌써 열두시였고 집에 돌아갈 시간이 훨씬 지났다는 사실은 결코 잊어버리지 않았다. 집주인이 자신을 붙잡지 못하도록 방에서 조용히 빠져나온 그는 현관에서 외투를 찾다가 유감스럽게도 바닥에 떨어져 있는 외투를 발견하고 외투를 흔들어 보풀을 다

털어낸 뒤 어깨에 걸치고 계단을 내려와 거리로 나왔다. 거리는 아직도 환했다. 하인과 온갖 하층민이 항상 모임 장소로 애용하는 작은 가게도 열려 있었다. 문이 닫힌 다른 가게들의 문틈으로 긴 불빛이 새어나오는 걸 보면 아직도 그 안에 사람들이 있는 게 분명했다. 아마도 하인과 하녀 들이 자신이 어디에 있는지 주인이 전혀 모르게 거기 모여 소문을 주고받고 잡담을 나누고 있을 것이다. 아카키 아카키예비치는 유쾌한 기분으로 걸어가다, 몸 전체를 이상하게 움직이며 번개처럼 휙 지나간 어떤 여자를 왠지 모르게 갑자기 뒤쫓아 가려고 했다. 그러나 그는 그 자리에 멈춰 섰고, 도대체 어디서 그런 재빠른 걸음이 나왔는지 스스로도 놀라며 다시 이전처럼 조용히 걸어갔다. 곧 그 앞에 낮에도 불쾌하고, 밤에는 더욱 불쾌한 황량한 거리가 펼쳐졌다. 지금 그 거리는 더욱 인적이 드물고 적막했다. 가로등 불빛도 더 희미했는데, 아마 기름이 이전보다 훨씬 덜 지급되는 모양이었다. 나무로 지은 집들과 울타리를 지나쳤지만, 어디에도 사람 그림자 하나 없었다. 거리에 반짝이는 거라곤 눈뿐이었고, 덧창이 닫힌 채 잠든 나지막한 오두막들은 처량하고 시커멓게 보였다. 거리 끝에서 무시무시한 사막처럼 보이

는 광장이 나타났다. 맞은편 집들이 간신히 보일 정도로 끝없이 넓은 광장이었다.

저 멀리, 어딘지 모르지만 마치 세상의 끝에 있는 것 같은 어떤 초소에서 불빛이 아른거렸다. 여기에서 아카키 아카키예비치의 기쁨도 왠지 현저히 사그라졌다. 마치 그의 심장이 뭔가 안 좋은 일을 예감이라도 한 듯, 그는 어떤 본능적인 공포를 느끼며 광장으로 들어섰다. 그는 뒤를 돌아보고 사방을 둘러보았다. 주변은 마치 바다 같았다. '아니, 보지 않는 게 낫겠어.' 그는 이렇게 생각하고 눈을 질끈 감은 채 걸어갔다. 광장 끝까지 다 왔는지 보려고 눈을 뜨자, 뜻밖에도 바로 앞에 콧수염이 난 어떤 사람들이 서 있는 게 보였다. 그는 도대체 그들이 어떤 사람인지 분간할 수 없었다. 눈앞이 캄캄해지고 가슴이 뛰기 시작했다. "이건 내 외투야!" 그들 중 하나가 그의 멱살을 잡고 큰 소리로 말했다. 아카키 아카키예비치는 "사람 살려"라고 외치고 싶었지만, 바로 그 순간 다른 사람이 관리의 머리통만 한 주먹을 그의 입에 들이대며 "소리만 쳐봐!" 하고 말했다. 아카키 아카키예비치는 외투가 벗겨지고 무릎에 발길질을 당해 눈 위에 벌렁 나자빠져 정신을 잃고 말았다. 몇 분 후 정신을 차리고 일어섰지만 그곳에는 이미 아무도 없었다. 광장은 춥고, 외투가 없어진 것을 깨달은 그는 소리를 지르기 시작했지만, 그의 목소리가 광장 끝까지 들릴 것 같지는 않았다. 절망한 그는 계속 소리치며 광장을 가로질러 곧장 초소 쪽으로 달려갔다. 초소 옆에서 미늘

창에 몸을 기대고 서 있던 입초 근무 경관은 도대체 어떤 놈이 저 멀리서 고래고래 소리 지르며 자기를 향해 뛰어오는지 알고 싶다는 듯 호기심 어린 눈으로 바라보았다. 아카키 아카키예비치는 경관에게 다가가 그가 조느라 아무것도 감시하지 않아 자기가 강도를 당하는 것도 보지 못한 것 아니냐며 헐떡이는 목소리로 소리쳤다. 경관은 자신은 아무것도 보지 못했다고, 그저 어떤 두 사람이 그를 광장 한가운데에 멈춰 세우는 것을 보고 그의 친구일 거라고 생각했다고 대답했다. 그러고는 쓸데없이 욕만 하지 말고 내일 파출소장을 찾아가라고, 그러면 누가 외투를 가져갔는지 찾아낼 수 있을 거라고 말했다. 아카키 아카키예비치는 완전히 얼이 빠져서 집으로 달려왔다. 관자놀이와 뒤통수에 그나마 조금 남아 있는 머리칼은 완전히 헝

클어졌고, 옆구리와 가슴과 바지는 온통 눈으로 범벅이 되어 있었다. 그가 사는 아파트의 주인 노파는 무섭게 문을 두드리는 소리에 침대에서 벌떡 일어나 한쪽 발에만 신발을 신고, 수줍은 마음에 한 손으로 잠옷의 가슴 부분을 여미며 문을 열려고 달려 나갔다. 그러나 문을 연 그녀는 아카키 아카키예비치의 몰골을 보고 한 걸음 뒤로 물러났다. 그가 무슨 일이 있었는지 모두 이야기하자 노파는 손뼉을 치면서 파출소장은 허풍을 떨며 약속해놓고는 시간만 끌 테니 곧장 경찰서장에게 가야 한다고, 무엇보다 곧장 경찰서장을 찾아가는 것이 낫다고 말했다. 심지어 자신이 경찰서장을 안다고도 했다. 예전에 자기 집 요리사였던 핀란드 여자 안나가 지금은 경찰서장 집에서 유모로 일하고, 경찰서장이 집 앞을 지나갈 때 그를 자주 보기도 했

다는 것이다. 또한 일요일마다 교회에 나가 기도하고 모든 사람을 기분 좋게 바라보는 것이 어느 모로 보나 좋은 사람이 틀림없다고 노파는 말했다. 노파의 말을 다 듣고 나서 아카키 아카키예비치는 침울하게 방 안을 걸어 다녔다. 조금이라도 남의 입장을 헤아릴 수 있는 사람은 그가 그날 밤을 어떻게 보냈는지 짐작할 수 있을 것이다. 아침 일찍 그는 경찰서장을 찾아갔다. 그러나 서장은 아직 자고 있다고 했다. 열시에 다시 찾아갔지만, 여전히 자고 있다고 했다. 열한시에 찾아갔더니 집에 없다고 했다. 그는 점심시간에 경찰서로 서장을 찾아갔다. 그러나 대기실에서 서기들이 무슨 일로 왔는지, 필요한 것이 무엇인지, 도대체 무슨 일인지 알아야겠다며 그를 들여보내지 않았다. 그러자 아카키 아카키예비치는 난생처음으로 성질을 부리며 자신은 직접 경찰서장을 만나야 하고, 국에서 공무로 왔는데도 감히 들여보내지 않으면 모두 고발하겠으며, 그러면 어떻게 될지 두고 보라고 단호하게 말했다. 그의 말에 서기들은 감히 아무 대꾸도 못했고, 그들 가운데 한 사람이 경찰서장을 부르러 갔다. 경찰서장은 외투 강탈 사건을 어쩐지 매우 이상하게 받아들였다. 그는 사건의 본질에는 주의를 기울이지 않고 아카키 아카키예비치에게 왜 그렇게 늦게 귀가했는지, 어떤 지저분한 곳에 들른 것은 아닌지 꼬치꼬치 캐묻기 시작했다. 아카키 아카키예비치는 완전히 당황했고, 외투 사건이 적절한 절차를 밟게 될지 어떨지 알지도 못한 채 서장의 집무실에서 나왔다. 그날 온종일 그는 국에 나가지 않았다(그의 인생에서 처음 있는 일이었다). 다음 날 그는 창백한 모습으로 더욱 서글퍼 보이는 낡은 외투를 입고 국에 출근했다. 외투 강탈 이야기를 들은 몇몇 관리들은 이 기회를 놓치지 않고 곧장 아카키 아카키예비치를 놀려댔지만, 많은 관리가 그를 동정했다. 즉시 그를 위해 모금을 하기로 결정했다. 그러나 관리들은 이것 말고도 국장의 초상화를 주문하고, 또 부장의 제안으로 그의 친구가 쓴 책을 구입하느라 이미 많은 돈을 썼기 때문에 모인 돈은 푼돈에 지나지 않았다. 그들 중 한 관리가 동정심에 아카키 아카키예비치에게 최소한 도움이 될 만한 좋은 충고라도 해주기로 결심했다. 경찰서장은 상부의 칭찬을 받으려고 어떻게든 외투를 찾아내겠지만, 외투가 그의 소유라는 법적 증거를 제시하지 못하면 외투는 경찰서에 보관될 것이므로 경찰서장에게 가지 말고 차라리 '고관'을 찾아가는 게 더 낫다고 그 관리는 말했다. 고관은 담당자와 문서를 주고받고 교섭하여 일이 더 잘 진척되게 할 수 있다는 것이다. 어쩔 수 없이 아카키 아카키예비치는 고관을 찾아가기로 결심했다. 이 고관의 직책과 직위가 무엇인지는 지금까지도 알려지지 않았다. 이 고관은 최근에야 중요한 인물이 되었고, 그 전에는 별 볼 일 없는 인물이었음을 알아둘 필요가 있다. 그의 지위는 지금도 다른 최고위층에 비하면 그다지 중요하다고 볼 수 없다. 하지만 다른 사람들이 보기에 중요하지 않은 것도 중요하게 여기는 부류가 항상 있게 마련이다. 어쨌든 그 고관은 이런저런 방법으로 자신의 중요도를 높이려고 노력했다. 이를테면,

출근할 때 부하 직원들이 계단에서 자신을 맞이하도록 했고, 감히 그 누구도 자기를 직접 찾아오지 못하게 했으며, 모든 것이 엄격한 질서에 따라 이루어지도록 했다. 즉, 14급 관리는 12급 관리에게, 12급 관리는 9급 관리나 적당한 다른 문관에게 보고하도록 하는 식으로 절차를 거쳐야만 자기에게 보고할 수 있게 한 것이다. 이렇게 성스러운 러시아에는 이미 모든 것을 모방하는 병이 퍼져 모두가 상관을 약 올리면서 서툴게 흉내 냈다. 심지어 어떤 9급 관리는 조그만 부서의 책임자가 되자마자 즉시 칸막이를 치고 자신의 특별한 방을 만들어 '집무실'이라 부르고, 문 앞에 붉은 옷깃에 금실을 단 일종의 안내원을 세워놓고 방문객이 올 때마다 문을 열어주게 했다고 한다. 그 '집무실'은 평범한 책상 하나를 겨우 들여놓을 수 있는 공간이었다. 이 '고관'의 행동방식과 습관은 확고하고 위풍당당했지만 그다지 복잡

하지는 않았다. 그의 행동방식에 가장 기초가 되는 것은 엄격성이었다. 그는 보통 "엄격, 엄격, 또 엄격"이라는 말을 되풀이했고, 마지막 단어를 말할 때는 상대방의 얼굴을 아주 의미심장하게 바라보곤 했다. 그러나 사실은 그럴 이유가 전혀 없었다. 왜냐하면 이 부서의 열 명 남짓한 관리들은 안 그래도 적당히 공포에 질려 있어서, 멀리서 그가 보이기만 하면 하던 일을 멈추고 상관이 방을 지나갈 때까지 차렷 자세를 취했기 때문이다. 그가 부하직원들에게 건네는 평범한 말에도 엄격함이 배어 있었고, 말은 거의 세 문장으로 이루어져 있었다. "어떻게 감히 이럴 수 있소? 누구와 이야기하고 있는지 알고 있소? 누가 앞에 서 있는지 알고나 있소?" 그는 원래 마음이 착한 사람으로 동료들과의 관계도 좋고 친절했으나, 고관이라는 지위가 그를 완전히 혼란스럽게 만들었다. 고관이 된 후로 그는 어쩐지 혼란에 빠져 길을 잃더니 어떻게 처신해야 할지 전혀 갈피를 잡지 못했다. 자기와 지위가 같은 사람들과 있을 때, 그는 꽤 괜찮고 아주 점잖은 사람이었으며 여러 면에서 전혀 어리석지 않았다. 그러나 자기보다 한 직급이라도 낮은 사람들과 함께하는 모임에서는 아주 졸렬해져서 아무 말도 하지 않았다. 그런 그의 모습은 남들이 보기에도 딱했고, 그 자신조차 시간을 좀더 재밌게 보낼 수 있었을 텐데, 하며 아쉬움을 느낄 정도였다. 이따금 그의 눈에 어떤 흥미 있는 대화나 모임에 끼고자 하는 간절한 열망이 비쳤지만, '너무 많은 것을 보여주는 건 아닌지, 너무 허물없이 구는 건 아닌지, 위신을 떨어뜨리는 건 아닌지' 하는 생각에 그렇게 하지 못했다. 이러한 생각 탓에 그는 늘 침묵을 지켰고 간혹 짤막하게 한마디 내뱉는 것이 고작이어서 마침내 그는 가장 따분한 사람이라는 칭호를 얻게 되었다. 바로 이 '고관' 앞에 우리의 아카키 아카키예비치가 나타났다. 그것도 아카키 자신에게는 가장 좋지 않은 시간에, 즉 매우 부적절한 시간이지만 고관에게는 아주 적절한 시간에 말이다. 고관은 자기 집무실에서 몇 년 동안 만나지 못하다 조금 전에 찾아온 옛 친구이자 어린 시절의 친구와 아주 즐겁게 한담을 나누고 있었다. 바로 이 순간에 고관은 바시마치킨이라는 사람이 찾아왔다는 보고를 받았다. 그는 퉁명스럽게 물었다. "누구라고?" "어떤 관리입니다"라는 대답을 듣고, 고관은 말했다. "아! 그럼 좀 기다리라고 해, 지금은 바쁘니까." 여기서 고관이 새빨간 거짓말을 했음을 말해야겠다. 그에게는 시간이 있었다. 그와 친구는 이미 오랫동안 모든 것에 대해 이야기를 나누었고, 벌써 한참 전부터 이야기 도중에 한동안 침묵이 이어졌으며, 서로의 넓적다리를 가볍게 툭툭 치면서 "그렇지, 이반 아브라모비치!" "그래, 스테판 바를라모비치!" 라고 한마디씩 던지고 있었다. 이런 상황인데도 고관은 오래전에 관직을 떠나 시골에서 살고 있는 친구에게 자기가 얼마나 오랫동안 관리들을 대기실에서 기다리게 할 수 있는지 과시하고 싶었던 것이다. 마침내 실컷 이야기를 나누고, 등받이가 젖혀지는 아주 편안한 안락의자에 오랫동안 아무 말도 없이 만족스럽게 앉아 담배를 다 피우고 나서, 그는 마치 갑자기 생각난 듯 문가에 보고서를 들고 서 있는 비서에게 말했다. "그래, 거기 관리 하나가 있는 것 같은데, 들어와도 좋다고 전하게." 아카키 아카키예비치의 겸손한 모습과 낡은 제복을 본 고관은 갑자기 그를 향해 몸을 돌리더니, 현재의 자리와 고관직을 받기 일주일 전부터 방에서 혼자 거울 앞에 서서 일부러 연습하여 익힌 단속적이고 딱딱한 목소리로 물었다. "무슨 일이신가?" 아카키 아카키예비치는 당연히 미리부터 겁을 먹고 약간 당황해 다른 때보다 더 자주 "저……"를 섞어가며, 할 수 있는 한 혀를 놀려 완전히 새것이었던 자기 외투를 어떻게 무자비하게 강탈당했는지 설명했다. 그리고 경찰서장이나 다른 누군가에게 서신을 보내거나, 어떻게든 영향력을 행사해 외투를 찾아달라고 부탁하기 위해 왔다고 말했다. 그런데 고관은 왠지 모르게 아카키 아카키예비치의 그런 태도가 허물없이 구는 것처럼 느껴졌다.

"지금 무슨 말을 하는 거요?" 고관은 띄엄띄엄 말을 이었다. "당신은 절차도 모르오? 어디에 들른 거요? 일이 어떻게 처리되는지 모르오? 그런 일이라면 먼저 사무실에 청원서를 넣었어야지. 그러면 과장과 부장을 거쳐 비서에게 전달되고, 그다음에 비서가 내게 보고할 텐데……"

"하지만 각하……" 아카키 아카키예비치는 그나마 얼마 남지 않은 용기를 짜내려 애쓰는 동시에 땀이 줄줄 흘러내리는 것을 느끼며 말했다. "각하께 감히 폐를 끼치게 된 것은 비서들은 저…… 그다지 믿을 만한 사람들이 아니라서……"

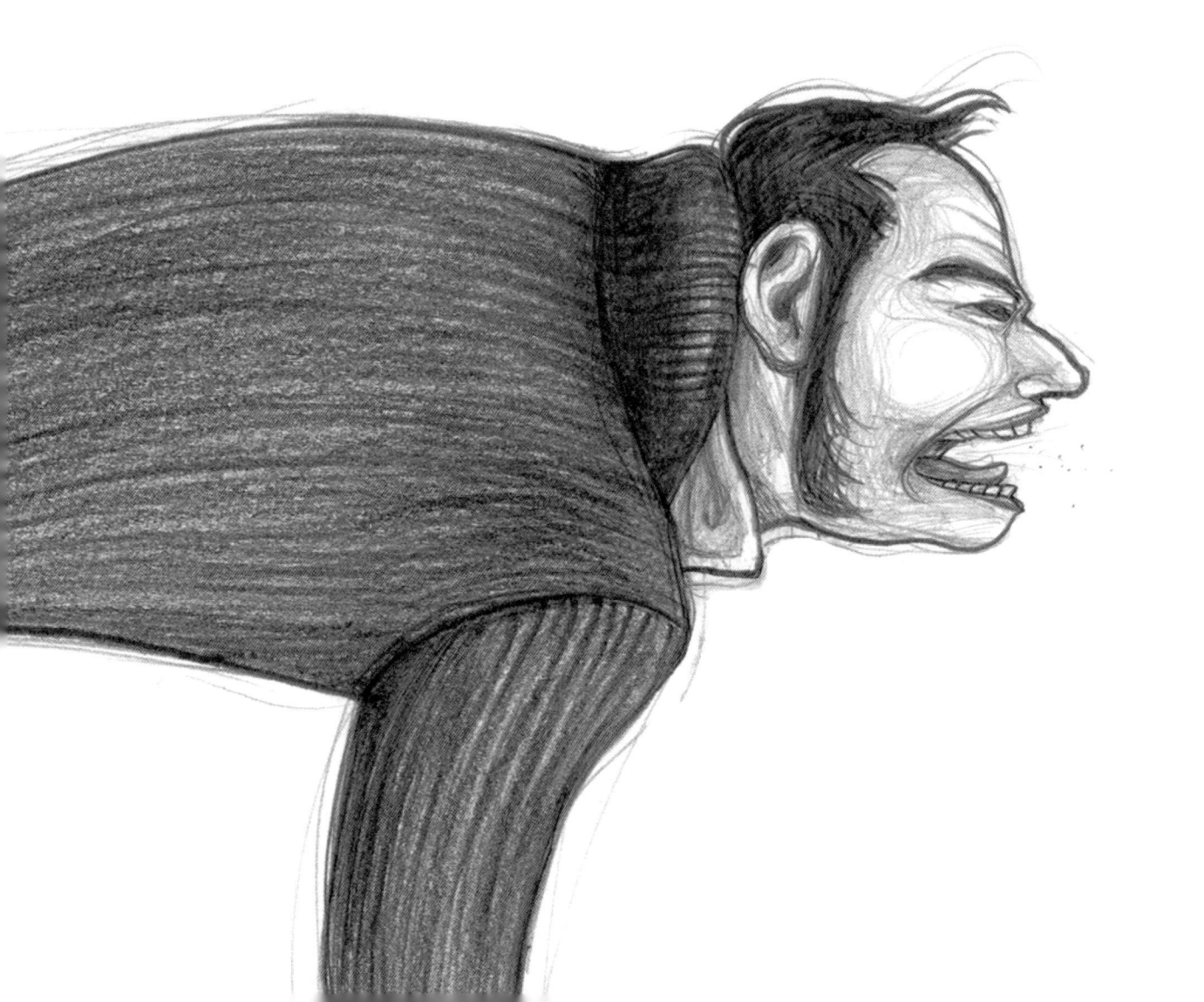

"뭐, 뭐, 뭐라고?" 고관이 말했다. "도대체 어디서 그런 용기가 났소? 어쩌다 그런 생각을 하게 되었소? 도대체 상관이나 윗사람에 대한 그런 난폭한 언행이 어떻게 젊은이들 사이에 널리 퍼진 거지?"

고관은 아카키 아카키예비치가 이미 쉰 살이 넘었다는 것을 알아채지 못한 듯했다. 따라서 그가 젊은이로 불릴 수 있다면, 그건 정말 상대적으로만 그럴 수 있다는 말이다. 즉, 그를 일흔 살 먹은 사람과 비교하면 그럴 수도 있다는 뜻이다.

"당신이 지금 누구에게 말하고 있는지 아오? 당신 앞에 서 있는 사람이 누군지나 아오? 당신은 알고 있소? 알고 있느냐고? 내가 당신에게 묻고 있잖소."

이 순간 고관은 발을 구르며 아카키 아카키예비치가 아닌 다른 누구라도 무서워할 만큼 버럭 언성을 높였다. 아카키 아카키예비치는 완전히 넋이 나가 비틀거렸고, 온몸이 떨려 더 서 있을 수조차 없었다. 만약 경비들이 바로 달려와 그를 부축하지 않았다면, 그는 바닥에 털썩 쓰러지고 말았을 것이다. 그는 거의 움직이지도 못하는 채로 실려 나갔다. 기대 이상의 효과에 만족한 고관은 자신의 말 한마디가 사람의 감각조차 빼앗을 수 있다는 생각에 완전히 도취되어 친구

가 이 상황을 어떻게 받아들이는지 알아보려고 슬쩍 곁눈질을 했다. 고관은 친구가 어쩔 줄 모르고 심지어 공포마저 느끼는 모습을 다소 만족스럽게 바라보았다.

아카키 아카키예비치는 자신이 어떻게 계단을 내려왔는지, 어떻게 거리로 나왔는지 전혀 기억하지 못했다. 팔다리에 아무런 감각이 없었다. 상관에게, 그것도 다른 관청의 상관에게 이처럼 심하게 질책을 당한 것은 난생처음이었다. 그는 멍하니 입을 벌린 채 길을 잃고 휘몰아치는 눈보라 속을 걸어갔다. 페테르부르크에서 흔히 그렇듯, 바람은 사방에서, 모든 골목에서 그를 향해 불어닥쳤다. 순식간에 그의 편도선이 부어올랐다. 그는 간신히 집에 도착했지만 말을 한마디도 할 수 없었다. 그는 온몸이 퉁퉁 부은 채로 침대에 쓰러졌다. 적절한 질책은 때로 이토록 강력한 힘을 발휘한다! 다음 날 그는 심한 열병에 걸렸다. 페테르부르크 기후의 친절한 도움 덕분에 병은 예상보다 더 빠르게 진행되었다. 의사가 와서 맥을 짚어보았지만 찜질 처방 말고는 할 수 있는 일이 아무것도 없었다. 찜질도 그저 환자가 어떠한 의료 혜택도 받아보지 못하고 방치되어서는 안 된다는 생각에 처방한 것뿐이다. 의사는 그 자리에서 하루 반이 지나면 그가 죽음을 피할 수 없을 거라고 선언했다. 그러고 나서 주인집 여자에게 말했다. "아주머니, 괜히 시간 낭비하지 마시고, 지금 이 사람을 위해 소나무 관이나 주문해줘요. 이 사람에게 참나무 관은 너무 비쌀 테니 말이오." 환자가 내내 열에 들떠

헛소리만 해댔기 때문에, 아카키 아카키예비치가 이 치명적인 말을 들었는지, 들었다면 그 말에 엄청난 충격을 받았는지, 자신의 서글픈 일생을 불쌍히 여겼는지는 전혀 알 수 없다. 아카키 아카키예비치의 눈앞에 점점 더 이상한 현상들이 끊임없이 펼쳐졌다. 때론 페트로비치를 만나 늘 자기 침대 밑에 있는 도둑을 잡을 수 있도록 덫이 달린 외투를 만들어달라고 주문했고, 집주인 여자에게는 담요 밑에 숨어 있는 도둑을 끌어내달라고 줄기차게 요청했다. 때론 새 외투가 있는데 왜 낡은 외투가 눈앞에 걸려 있는지 묻기도 했고, 때론 상관 앞에 서서 마땅한 질책을 듣는 듯 "각하, 잘못했습니다!"를 반복했으며, 때론 아주 끔찍한 말을 섞어가며 욕설까지 해대서 이제껏 그에게서 한 번도 그런 말을 들어본 적 없는 주인집 노파는 성호를 긋기까지 했다. 게다가 그런 욕설은 '각하'라는 말 바로 뒤에 쏟아져 나왔다. 더욱이 그가 지껄이는 말은 전혀 무의미해서 도통 이해할 수 없었다. 다만 두서없는 말과 생각이 하나같이 똑같은 외투 주변을 맴돌고 있다는 것만 알 수 있었다. 마침내 가련한 아카키 아카키예비치는 숨을 거두었다. 그의 방도, 그의 물건들도 봉인되지 않았다. 그 이유는 첫째, 상속자가 없었고, 둘째, 유산이라야 얼마 되지 않기 때문이다. 거위 깃털 펜 한 묶음, 관청에서 사용하는 백지 한 뭉치, 양말 세 켤레, 바지에서 떨어진 단추 두세 개, 그리고 이미 독자가 알고 있는 실내복 같은 낡은 외투가 전부였다. 이 모든 것이 누구에게 돌아갔는지는 아무도 모른다. 고백건대, 이 이야기를 하는 사람조차 이것엔 관심이 없다. 아카키 아카키예비치는 마차에 실려 나가 매장되었다. 아카키 아카키예비치가 없는 페테르부르크는 마치 원래부터 그런 사람이 전혀 존재하지 않았던 것처럼 변함이 없었다. 어느 누구의 보호도 받지 못하고 어느 누구의 애정도 받지 못하고 어느 누구의 관심도 끌지 못한 존재, 심지어 흔한 파리 한 마리도 놓치지 않고 핀에 꽂아 현미경으로 들여다보는 자연관찰자의 주의조차 끌지 못한 존재가 사라지고 자취를 감춘 것이다. 동료 관리들의 조소를 묵묵히 견뎌낸 그 존재는 어떤 특별한 일도 없이 무덤 속으로 들어갔다. 그러나 그런 존재에게도, 비록 생이 끝나기 직전이었지만, 외투의 모습을 한 명랑한 손님이 갑자기 나타나 짧은 순간이나마 가련한 인생에 생기를 불어넣어주었다. 그러고 나서 황제나 세계의

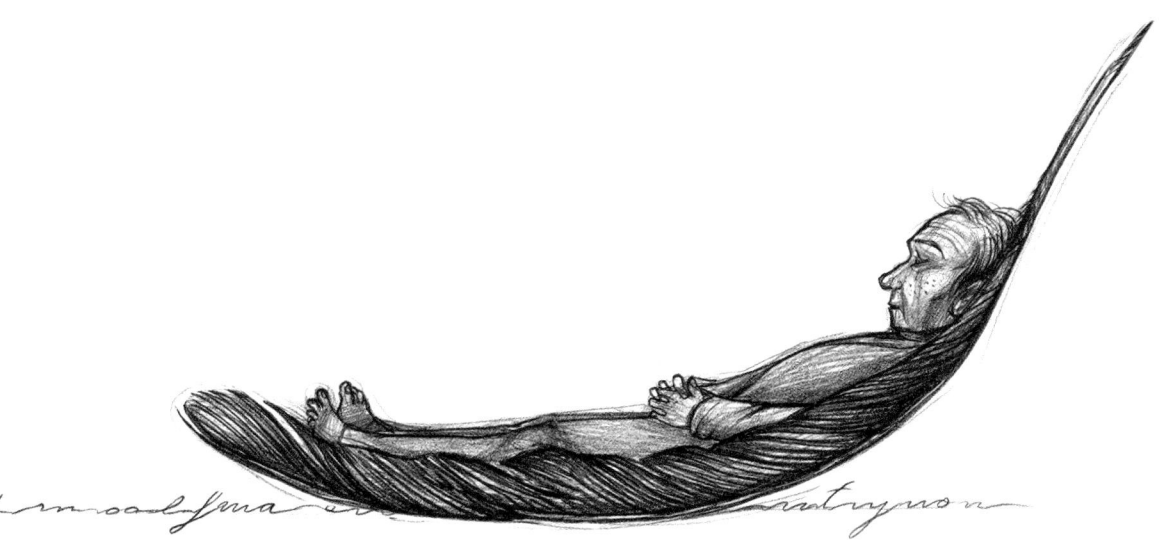

지배자에게도 닥치기 마련인 불행이 잔인하게 그를 덮쳤다…… 그가 죽은 지 며칠이 지나, 즉각 출두하라는 명령서를 가지고 국에서 경비 한 사람이 그의 아파트를 찾아왔다. 그러나 경비는 별 소득 없이 돌아가 아카키 아카키예비치가 더는 출근할 수 없다고 보고해야 했다. "어째서?"라는 질문에 경비는 "그게, 그는 이미 죽었고 나흘 전에 매장되었습니다"라고 대답했다. 이리하여 국에서도 아카키 아카키예비치의 죽음을 알게 되었다. 그다음 날, 훨씬 키가 큰 새 관리가 이미 그의 자리를 차지하고 앉아 곧은 필체가 아닌 훨씬 비스듬하고 삐딱한 필체로 정서를 하기 시작했다.

그러나 아카키 아카키예비치의 이야기가 여기서 끝난 게 아니라는 걸 누가 상상이나 했겠는가. 생전에 누구의 주의도 끌지 못했던 삶을 보상이라도 하듯, 그가 죽고 나서 며칠 동안 소란스러운 삶을 살 운명이었음을 누가 상상이나 했겠는가. 그러나 그런 일이 일어났고, 우리의 슬픈 이야기는 예기치 않게 환상적인 결말을 맺게 된다. 페테르부르크에 갑자기 퍼진 소문에 따르면, 칼린킨 다리 주변과 거기서 꽤 멀리 떨어진 곳에 밤마다 관리의 모습을 한 유령이 나타나 강탈당한 어떤 외투를 찾아다니는데, 빼앗긴 외투를 구실 삼아 관등과 직위를 가리지 않고 모든 사람의 어깨에서 고양이 털, 비버 털, 솜, 너구리 털, 여우 털, 곰 털이 달린 외투, 한마디로 사람들이 몸에 두르려고 가공한 온갖 털과 가죽으로 만든 외투를 벗겨 간다는 것이다. 국에 근무하는 한 관리는 자기 눈으로 직접 유령을 보았는데, 그 유령이 아카키 아카키예비치임을 금방 알아보았다. 그러나 그는 너무 무서워서 전속력으로 줄행랑을 치는 바람에 자세히 보지는 못했고, 유령이 손가락으로 자기를 위협하는 것만 볼 수 있었다. 9급 관리뿐 아니라 심지어 3급 관리까지도 밤에 외투를 빼앗겨 등과 어깨에 심하게 한기가 들었다는 불만이 사방에서 끊임없이 쏟아져 나왔다. 유령을 산 채로든 죽여서든 무슨 수를 써서라도 반드시 잡아 다른 사람들의 본보기가 되도록 아주 엄하게 처벌하라는 지시가 경찰에 내려졌고, 실제로 유령을 거의 잡을 뻔했다. 어떤 구역의 입초 근무 경관이 키류시킨 골목에서 한때 플루트를 불던 어느 퇴직 악사의 값싼 모직 외투를 유령이 빼앗으려 하는 범행 현장을 덮쳐 유령의 멱살을 붙잡았던 것이다. 유령의 멱살을 붙잡은 경관은 큰 소리로 동료 둘을 불

러 유령을 잡고 있게 한 뒤, 자기는 그동안 여섯 번이나 얼어붙었던 코를 잠시 상쾌하게 하려고 재빨리 장화 속을 뒤져 자작나무 껍질로 만든 담뱃갑을 꺼냈다. 그런데 그 코담배가 유령조차 참을 수 없을 정도로 싸구려였던 모양이다. 경관이 오른쪽 콧구멍을 손가락으로 막고 왼쪽 콧구멍으로 코담배 반 줌을 채 들이마시기도 전에, 유령이 재채기를 하도 세게 하는 바람에 담배 가루가 날려 세 경관의 눈에 들어갔다. 그들이 주먹으로 눈을 비비는 사이 유령은 흔적도 없이 사라졌다. 그래서 유령이 정말 자기들 손에 잡혔었는지조차 헷갈리게 되어버렸다. 이때부터 입초 근무 경관들은 유령을 너무 무서워한 나머지 산 사람을 잡는 것조차 두려워하게 되어 그저 멀리서 "어이, 이봐, 가던 길이나 가!"라고 외쳐댈 뿐이었다. 관리 유령은 칼린킨 다리 너머에도 나타나기 시작했고, 소심한 모든 사람들에게 적잖은 공포를 심어주었다. 그런데 우리는 이 완벽한 실화가 환상적인 방향으로 발전하는 데 사실상 원인을 제공한 거나 다름없는 '어떤 고관'을 완전히 방치해두었다. 무엇보다 먼저 공정성의 의무에 따라 말하자면, 그 고관은 가련한 아카키 아카키예비치가 호되게 질책을 당하고 사무실을 떠나자마자 뭔가 연민 같은 것을 느꼈다. 동정심은 그에게 낯선 감정이 아니었다. 종종 직급 때문에 표현하지 못했을 뿐, 그는 워낙에 마음이 착한 사람이었다. 방문한 친구가 사무실에서 나가자 그는 불쌍한 아카키 아카키예비치에 대해 곰곰이 생각하기까지 했다. 이때부터 직무상의 질책을 견뎌내지 못하고 해쓱해진 아카키 아카키예비치의 모습이 거의 매일 그의 눈앞에 나타났다. 아카키 아카키예비치에 대한 생각으로 너무 불안해진 고관은 일주일 후 관리를 보내 그가 원하는 것이 무엇이고 어떻게 지내는지, 실제로 뭔가 도울 일은 없는지 알아보도록 했다. 열병으로 급사했다는 보고를 받은 고관은 심히 놀라고 양심의 가책을 느껴 온종일 기분이 좋지 않았다. 조금이라도 기분 전환을 해서 불쾌한 느낌을 잊으려고 그는 친구의 집에서 열리는 저녁 모임에 갔다. 그곳에 모인 사람들은 점잖았고, 무엇보다 모두가 그와 거의 같은 직급이라 전혀 불편하거나 당혹스럽지 않았다. 이런 상황이 그의 정신 상태에 놀라운 영향을 미쳤다. 기분이 풀린 그는 즐겁게 대화하고 다른 사람들을 상냥하게 대하며, 한마디로 아주 유쾌한 저녁시간을 보냈다. 저녁식사를 하면서 그는 샴페인을 두 잔이나 마셨다. 알다시피 샴페인은 기분을 띄우는 데 꽤 효과가 있다. 샴페인을 마시자 그는 여러 가지 모험적인 행동을 하고 싶은 기분이 들었다. 즉, 곧장 집으로 가지 않고 평소 알고 지내던 카롤리나 이바노브나 부인의 집에 잠깐 들르기로 결심한 것이다. 그는 독일 태생인 듯한 이 부인에게 아주 우정 어린 감정을 느끼고 있었다. 이 고관은 이미 젊다고는 할 수 없는 사람으로, 가정에서는 훌륭한 남편이자 존경받는 아버지라는 점을 말해둘 필요가 있다. 두 아들 중 한 명은 이미 관청에서 근무하고 있었고, 좀 휘긴 했지만 코가 예쁜 열여섯 살 된 사랑스러운 딸이 매일 "봉주르, 파파"라고 말하며 그의 손에 입을 맞추곤 했다. 아직 생기 있고 미모도 여전한 그의 아내는 남편이 먼저 입 맞추도록 손을 내민 뒤, 자기 손을 뒤집어 그의 손에 입을 맞추었다. 고관은 안락한 가정에 충분히 만족했지만, 우정 어린 관계를 위해 시내 반대편에 여자친구를 두는 것도 고상하다고 생각했다. 여자친구는 그의 아내보다 아름답지도 젊지도 않았다. 그러나 그런 일은 세상에 흔히 있는 일이니, 우리가 판단할 바는 아니다. 고관은 계단을 내려와 썰매에 오른 뒤 마부에게 "카롤리나 이바노브나에게 가지"라고 말했다. 그는 매우 화려하고 따뜻한 외투로 몸을 감싸고 유쾌한 기분에 휩싸였는데, 러시아인으로서 이보다 더 유쾌할 수는 없을 거라고 생각할 정도였다. 그 유쾌한 기분이란 아무 생각을 하지 않는데도 즐거운 생각이 저절로 꼬리에 꼬리를 물고 이어져, 굳이 즐거운 생각을 뒤쫓거나 찾으려고 애쓸 필요가 없는 상태이다. 그는 매우 만족스러운 기분으로 이번 저녁 모임의 즐거웠던 순간과 그리 많지 않은 사람들을 웃게 한 말들을 떠올렸다. 그중 대부분은 나직한 목소리로 다시 되뇌어봐도 여전히 아주 웃겼다. 그가 혼자서 진심으로 웃어댄 것도 이상한 일은 아니다. 그러나 갑자기 어디서 어떻게 생겨났는지 알 수 없는 돌풍이 불어와 이따금 이런 유쾌한 생각을 방해했다. 돌풍은 눈을 퍼부으며 그의 얼굴을 세차게 때렸고, 외투 깃을 돛처럼 펄럭이게 하거나 갑자기 이상할 정도로 세져 외투 깃이 머리를 덮게 만들었다. 그래서 매번 외투 깃을 끌어 내리기가 여간 힘든 게 아니었다. 갑자기 고관은 누군가 매우 세게 자신의 옷깃을 잡아채는

느낌이 들었다. 뒤를 돌아보니 자그마한 키에 낡고 해진 제복을 입은 사람이 보였고, 그가 아카키 아카키예비치임을 알아챈 고관은 다소 공포를 느꼈다. 관리의 얼굴은 눈처럼 하얗고 완전히 유령 같아 보였다. 그러나 고관의 공포가 극에 달한 것은 지독한 무덤 냄새를 내뿜던 유령이 입을 비죽거리며 이렇게 말했을 때였다. "아! 바로 너로구나! 마침내 너를, 네 옷깃을 잡았다! 난 네 외투가 필요해! 날 도와주지는 못할망정 그렇게 책망하다니. 이제 네 외투를 내놔!"

불쌍한 고관은 거의 숨이 넘어갈 지경이었다. 그는 관청에서나 아랫사람들 앞에서 어찌나 성질을 부려대는지 그의 강직한 태도와 모습을 보면 누구든지 "거, 성질 한번 대단하네!"라고 말할 정도였다. 그러나 지금은 겉보기엔 영웅호걸 같은 다른 많은 사람들과 마찬가지로 그 역시 너무나 극심한 공포를 느낀 나머지 어떤 병적 발작이 일어나지는 않을까 두려워졌다. 그는 재빨리 외투를 벗어 던지고 마부에게 목청껏 소리쳤다. "전속력으로 집으로 달려!" 보통 결정적인 순간이나 보다 실제적인 어떤 행동을 해야 하는 순간에 나오는 목소리를 들은 마부는 만약을 대비해 어깨 사이에 머리를 처박고 채찍을 휘두르며 쏜살같이 내달렸다. 약 육 분 만에 고관은 자기 집 현관 앞에 도착했다. 하얗게 겁에 질린 얼굴로 외투도 입지 않은 채 카롤리나 이바노브나에게 가는 대신 집으로 온 고관은 간신히 자기 방으로 들어가 아주 혼란스러운 상태로 밤을 보냈다. 다음 날 아침 차를 마실 때, 딸이 "아빠, 오늘 아빠 얼굴이 너무 창백해요"라고 말할 정도였다. 그러나 고관은 입을 꾹 다물고 무슨 일이 있었는지, 어디에 갔었고 또 어디로 가려고 했는지 아무에게도 말하지 않았다. 이 사건은 그에게 강한 인상을 남겼다. 그는 부하 직원들에게 "어떻게 감히, 어느 안전인지 아는가?"라는 말을 훨씬 적게 하기 시작했다. 그런 말을 하더라도, 예전과는 달리 우선 무슨 일인지 다 듣고 나서야 비로소 했다. 그러나 더욱더 놀라운 일은 이 사건이 있고 난 후로 관리 유령이 전혀 나타나지 않았다는 것이다. 아마 고관의 외투가 유령의 어깨에 꼭 맞았나보다. 적어도 누가 외투를 강탈당했다는 얘기는 이제 어디서도 들리지 않았다. 그러나 활동적이고 꼼꼼한 많은 사람들은 결코 안심하지 않았다. 그들은 시내 변두리에서 여전히 관리 유령이 나타난다고 말하곤 했다. 실제로 콜롬나 지역의 한 입초 근무 경관은 유령이 어느 집에서 나오는 것을 자기 눈으로 직접 봤다고 했다. 그러나 그는 태어날 때부터 몸이 허약해서, 한번은 어떤 민가에서 뛰쳐나온 평범하고 통통한 돼지새끼 한 마리에 걸려 넘어지기도 했다. 그걸 보고 주변에 있던 마부들이 큰 소리로 웃어대자 그 경관은 자기를 조롱했다며 마부들에게서 담뱃값으로 반 코페이카씩을 받아냈다. 여하튼 허약했던 그 경관은 감히 유령을 멈춰 세우지 못하고 어둠 속에서 유령의 뒤를 따라갔다. 마침내 유령이 휙 돌아보고 멈춰 서서 산 사람에게서는 볼 수 없는 큰 주먹을 내밀며 물었다. "원하는 게 뭐야?" "아무것도 아니오." 입초 근무 경관은 이렇게 대답하고는 즉시 돌아섰다. 그러나 이 유령은 키가 훨씬 더 컸고, 아주 긴 콧수염을 길렀다. 유령은 오부호프 다리 쪽으로 발길을 돌리는가 싶더니, 밤의 어둠 속으로 완전히 사라져버렸다.

1809년   4월 1일(구력 3월 20일) 우크라이나 폴타바의 소로친츠이에서 출생.

1821년   우크라이나의 수도 키예프 북부에 위치한 네진 중고등학교(김나지움) 입학.

1828년   네진 중고등학교 졸업. 관리가 되려고 러시아의 수도 페테르부르크로 상경.

1829년   V. 알로프라는 필명으로 서사시집『한스 큐헬가르텐』을 자비로 출판. 유럽 여행.

1831년   9월 단편모음집『디칸카 부근 마을의 야화』 1부 출간. 시인 주콥스키의 주선으로 여학교 역사 교사로 부임.

1832년   3월『디칸카 부근 마을의 야화』 2부 출간.

1834년   페테르부르크 대학 역사학부 조교수로 재직하며 중세사를 강의.

1835년   페테르부르크 대학 교수직을 그만두고 문학 활동에 전념. 우크라이나 지방 이야기를 모은 작품집『미르고로드』와 페테르부르크를 소재로 한 단편「광인일기」「초상화」「넵스키 거리」를 묶은『아라베스크』 출간.

1836년   단편「코」와「사륜마차」 발표. 4월 첫 희곡『검찰관』 발표. 2차 유럽 여행.

1840년   3차 유럽 여행.

1842년   장편『죽은 혼』 1권 출간. 단편「외투」 발표. 4차 유럽 여행.

1845년   로마에서『죽은 혼』 2권 원고 소각.

1847년   『친구들과의 왕복 서한』 발표. 비평가 벨린스키의 비판을 받음.

1848년   예루살렘으로 성지 순례. 귀국하여『죽은 혼』 2권을 다시 집필.

1850년   오프티나 수도원 방문.

1852년   2월 『죽은 혼』 2권 원고를 다시 소각(원고 일부가 남음). 3월 4일 오전 여덟시 모스크바
          에서 우울증에 시달리다 사망. 다닐롭스키 수도원에 매장되었다가 1909년, 탄생 100주
          년을 맞아 노보데비치 수도원으로 이장됨.

'작은 인간'에 대한 연민 혹은 풍자

러시아 작가 가운데 니콜라이 바실리예비치 고골(1809~1852)은 가장 수수께끼 같은 인물이다. 그의 신비한 눈은 하늘 저편의 영원한 무언가를 갈망하는 듯하고, 매부리코는 지상의 모든 욕망을 탐하는 것 같다. 소러시아(지금의 우크라이나) 폴타바의 소로친츠이에서 소지주의 아들로 태어난 고골은 열아홉 살에 청운의 꿈을 품고 당시 러시아제국의 수도인 페테르부르크로 간다. 시골 청년은 시인이나 교수나 관리가 되고 싶었지만 도시의 현실은 그리 만만치 않았다. 결국 몇 번의 시행착오를 거친 후에 고골은 고향의 신화와 전설, 민담을 소재로 한 연작소설 『디칸카 부근 마을의 야화』로 일약 주목받는 산문작가가 되었다. 그후 고골은 페테르부르크를 소재로 한 일련의 단편(「넵스키 거리」「초상화」「광인 일기」「외투」)과 러시아 농

노제도의 사회역사적 연대기라 할 수 있는 불후의 장편소설『죽은 혼』1권을 발표했고, 19세기 러시아 관료제도의 부패상과 인간의 속물근성을 희비극적으로 풍자한 희곡『검찰관』을 쓰기도 했다. 고골은 문학을 통해 부패하고 죄악에 물든 러시아를 구하겠다는 신성한 사명감을 갖고 심혈을 기울여『죽은 혼』2권을 썼지만 그 결과에 만족하지 못해 원고를 소각하는 등 우울증과 과대망상증으로 건강이 악화되어 1852년 3월 4일(구력 2월 21일) 아침에 사망했다.

러시아 문학사에서 고골은 주콥스키, 푸시킨, 레르몬토프로 이어지는 '시의 시대'에 뒤이어 새로운 산문의 시대, 즉 중편소설의 시대를 연 작가로 평가받는다. '고골의 시기'로 불리는 1830~1840년대는 비판적 리얼리즘이 형성되고 '러시아 소설의 황금시대'가 시작된 시기이기도 하다. 특히「외투」는 도스토옙스키가 "우리 모두는 고골의「외투」에서 나왔다"고 말할 정도로 러시아 문학사에 한 획을 그었고, 이후 러시아 작가들에게 커다란 영향을 끼쳤다. 도대체「외투」의 무엇이 후배 작가들에게 영향을 준 것일까?

「외투」의 스토리와 플롯은 간단하다.

한 가난한 하급관리(아카키 아카키예비치 바시마치킨)가 갖은 절약(차안 마시기, 촛불 안 켜기, 발끝으로 걸어다니기, 실내복만 걸치기, 저녁마다 굶기)을 하여 마침내 새 겨울 외투를 장만한다. 새 외투를 입은 관리는 지금까지와는 달리 활기차고 의기양양하게 관청에 출근하고, 그날 저녁에 새 외투를 기념하기 위해 부유한 동료가 대신 열어준 야회에 들렀다 귀가하던 중 강도들에게 외투를 빼앗긴다. 절망한 관리는 우선 경찰서장을 찾아가지만 소용이 없자, 고관을 찾아가 외투를 찾아달라고 호소한다. 그러나 관리는 심한 면박을 당하고 그 충격으로 열병에 걸려 죽는다. 그후 페테르부르크의 칼린킨 다리 근처에 관리의 모습을 한 유령이 나타나 다른 관리들의 외투를 빼앗는다는 소문이 나돌고, 마침내 아카키를 질책한 고관이 아카키의 모습을 한 유령에게 외투를 빼앗긴 뒤로 유령은 더이상 나타나지 않는다.

간단한 스토리와 플롯에 비해「외투」를 읽는 방법은 실로 다양하다. 우선 19세기 러시아 비평가인 벨린스키의 관점에 따라 사회에서 억압당하는 '작은 인간'의 비극에 초점을 맞추어 읽을 수 있다. 하급관리인 아카키의 가난과 그에 대한 동료들의 조롱과 멸시, 외투를 찾아달라는 아카키의 청원에 대한 고관의 일방적인 질책을 통해 우리는 아카키를 향한 동정과 연민, 도시의 비정함과 비인간적인 관료제도에 대한 분노를 느끼게 된다. "날 내버려둬요, 왜 날 모욕하는 거요? 나는 당신의 형제요." 동료 관리들의 놀림에 아카키가 던진 가슴을 찌르는 듯한 이 말은 '작은 인간'의 인간선언이라고 할 수 있다. 그러나 아카키에 대한 작가의 시선은 이중적이다. 아카키의 가난과 절망을 바라보는 동정 어린 작가의 시선에는 삶의 목표가 고작 외투인 비루한 인간에 대한 쓴웃음과 멸시도 배어 있다. 이 '눈물 속의 웃음' 같은 희비극적 요소와 유머는 사물과 인간을 바라보는 고골 특유의 시선이라 할 수 있다.

「외투」는 인간의 보편적 욕망과 속물근성을 풍자한 작품으로도 읽을 수 있다. 매사에 소심하고 틀에 박힌 일상을 반복하며 오직 서류 정서밖에 모르던 아카키는 실내복 같은 낡은 외투 대신 새 외투를 입고 나서 전혀 다른 사람이 된다. 새 외투를 장만하기 전과 후의 아카키의 말과 행동은 판이하다. 그는 정서하는 일을 건너뛰고, 미끈한 다리를 드러낸 여자가 그려진 그림을 호기심 있게 쳐다보며 미소 짓고, 야회에서 샴페인도 한 잔 마시고, 지나가는 여자를 갑자기 뒤쫓아 가려고도 한다. 그에게 새 외투는 단순한 옷이 아니라 삶의 활력소이자 인생의 반려자와 같은 것으로, 낡은 외투 속에 숨겨져 있던 아카키의 욕망과 속물근성을 드러내는 역할을 한다.

「외투」 말미에 나오는 유령 에피소드는 '작은 인간'에 대한 연민과 동정이라는 현실적인 내용에 그로테스크하고 환상적인 색채를 부여한다. 관리의 유령이 단지 소문의 소산인지, 심약한 목격자들의 환상인지, 진짜 아카키의 유령인지는 분명치 않다. 그러나 「외투」의 환상성과 그로테스크함은 낭만주의의 그것과는 다른 역할을 한다. 관리 유령은 공포를 유발하기보다는, 죽어서야 비로소 자기를 놀리고 멸시했던 동료 관리들과 자기를 죽음으로 몰고 간 고관에게 복수할 수 있는(그것도 고작 고관의 외투를 빼앗는!) '작은 인간'의 절망과 비극, 그리고 당대의 불평등한 사회적 현실과 부

조리한 세계를 직시하게 한다.

「외투」는 언어와 문체의 마술사인 고골의 기량을 잘 보여준다. 아카키 아카키예비치 바시마치킨의 이름 짓기부터 사물과 인간에 대한 섬세한 관찰과 상세한 묘사, 명사와 형용사의 지소형과 지대형의 빈번한 사용, 문어적인 형동사와 부동사 구문의 애용, 부사의 잦은 사용, 서로 무관한 듯한 단어와 구의 절묘한 조합, 현란한 말장난 등 고골의 단어와 문장은 어느 하나도 단순한 것이 없다. 다시 말해, 각기 나름의 목소리와 표정을 지닌 듯한 고골 특유의 단어와 문장이 묘하게 뒤섞여 아름다운 교향곡을 만들어낸다. 그래서 고골의 텍스트는 눈으로 읽을 때보다 소리 내어 읽을 때 더 맛이 난다.

결국 "우리 모두는 고골의 「외투」에서 나왔다"는 도스토옙스키의 말은 고골 이후 러시아 작가들이 고골이 창조한 주인공의 형상, '작은 인간'에 대한 연민과 동정, 사회적 도덕적 풍자 같은 주제의식, 그리고 사물과 인간에 대한 세밀한 묘사 등에 직간접적으로 빚지고 있음을 공언한 것이다.

러시아 문학에서 「외투」는 워낙 유명한 작품이다보니 이미 몇몇 우리말 번역본이 나와 있다. 그럼에도 번역에 손을 댄 것은 두 가지 이유에서이다. 하나는 스페인 삽화가가 「외투」를 읽고 나름대로 소화해 그린 삽화가 흥미로웠고, 다른 하나는 그동안 「외투」의 텍스트를 여러 번 읽으면서 기회가 되면 '나의 언어와 문체'로 옮겨보고 싶다고 생각해왔기 때문이다. 도스토옙스키, 레스코프와 함께 가장 번역하기 어려운 러시아 작가로 정평이 난 고골의 텍스트를 옮기는 작업은 만만치 않았다. 러한사전과 국어사전을 뒤지면서 최선을 다했지만, 독자들이 어떻게 평가할지 모르겠다. 번역 판본으로는 『페테르부르크 이야기』(아이리스출판사, 모스크바, 2006)를 사용했음을 밝혀둔다. 원고를 꼼꼼히 읽고 좋은 의견을 내준 문학동네 편집부에 고마운 마음을 전한다.

2011년 가을

이항재

옮긴이 **이항재**

고려대학교 노어노문학과를 졸업하고 같은 대학원에서 「투르게네프의 후기 중단편 연구」로 박사학위를 받았다. 고리키세계문학연구소 연구교수와 한국러시아문학회 회장을 지내고 현재 단국대학교 러시아어과 교수로 재직하고 있다. 지은 책으로 『소설의 정치학: 투르게네프 소설 연구』 『러시아 문학의 이해』(공저) 등이 있고 러시아 문학에 관한 많은 논문을 썼다. 옮긴 책으로 톨스토이의 『사람은 무엇으로 사는가』, 미르스키의 『러시아 문학사』, 투르게네프의 『아버지와 아들』 『귀족의 보금자리』 『첫사랑』, 부닌의 『아르세니예프의 인생』, 숄로호프의 『숄로호프 단편선』 등이 있다.

문학동네 세계문학
외투

1판 1쇄 2011년 11월 10일 | 1판 12쇄 2023년 5월 15일

지은이 니콜라이 바실리예비치 고골 | 그린이 노에미 비야무사 | 옮긴이 이항재
책임편집 윤정민 | 편집 이현자 류현영 | 독자 모니터 김도훈
디자인 김이정 이원경 | 저작권 박지영 형소진 최은진 오서영
마케팅 정민호 김도윤 한민아 이민경 안남영 김수현 왕지경 황승현 김혜원 김하연
브랜딩 함유지 함근아 박민재 김희숙 고보미 정승민 배진성
제작 강신은 김동욱 임현식 | 제작처 영신사

펴낸곳 (주)문학동네 | 펴낸이 김소영
출판등록 1993년 10월 22일 제2003-000045호
주소 10881 경기도 파주시 회동길 210
전자우편 editor@munhak.com | 대표전화 031) 955-8888 | 팩스 031) 955-8855
문의전화 031) 955-1927(마케팅) 031) 955-2634(편집)
문학동네카페 http://cafe.naver.com/mhdn
인스타그램 @munhakdongne | 트위터 @munhakdongne
북클럽문학동네 http://bookclubmunhak.com

ISBN 978-89-546-1643-0 03890

잘못된 책은 구입하신 서점에서 교환해드립니다.
기타 교환 문의 031) 955-2661, 3580

www.munhak.com

변신
프란츠 카프카 소설 | 루이스 스카파티 그림 | 이재황 옮김

현대문학의 신화가 된 카프카의 불멸의 단편! 모든 것이 불확실하고 출구를 찾을 수
없는 현대인의 삶 속에서 인간에게 주어진 불안한 의식과 구원에의 꿈 등을 명료한
언어로 아름답게 형상화했다.

파우스트
요한 볼프강 폰 괴테 지음 | 외젠 들라크루아, 막스 베크만 그림 | 이인웅 옮김

괴테가 육십여 년에 걸쳐 쓴 필생의 대작이자 독일문학 최고의 걸작으로 일컬어지는
영원불명의 고전. 지식과 학문에 절망한 노학자 파우스트 박사의 미망(迷妄)과 구원
의 장구한 노정.

지킬 박사와 하이드 씨
로버트 루이스 스티븐슨 소설 | 마우로 카시올리 그림 | 강미경 옮김

『보물섬』의 작가 로버트 루이스 스티븐슨이 인간의 마음속에 공존하는 선과 악의 대
립에 대해 심오한 질문을 던진다. 명망 높은 과학자 헨리 지킬 박사와 흉악범 에드워
드 하이드, 두 사람의 미스터리한 이야기.

검은 고양이
에드거 앨런 포 소설 | 루이스 스카파티 그림 | 강미경 옮김

비운의 천재 작가 에드거 앨런 포의 공포 단편선. 인간의 비이성적인 광기와 분노를
그린 「검은 고양이」, 서서히 죽음을 "맛보는" 고통 「나락과 진자」, 산 채로 매장당한
자의 생생한 경험담 「때 이른 매장」 수록.

필경사 바틀비
허먼 멜빌 소설 | 하비에르 사발라 그림 | 공진호 옮김

"안 하는 편을 택하겠습니다." 삭막한 월 스트리트에서 안락하게 살아온 한 변호사 앞
에 기이한 필경사 바틀비가 등장하고, 이 필경사가 던진 한마디가 월 스트리트의 철
벽에 균열을 일으키기 시작하는데…… 세계문학사 최고의 단편.

외투

니콜라이 고골 소설 | 노에미 비야무사 그림 | 이항재 옮김

보잘것없는 9급 문관 아카키 아카키예비치의 인생에 어느 날 새로운 외투가 나타난다. 하지만 새 외투를 처음 입은 날, 그는 강도를 만나 외투를 빼앗기고 마는데…… 비판적 리얼리즘의 대가 고골이 그린 러시아 문학의 정수!

바베트의 만찬

이자크 디네센 소설 | 노에미 비야무사 그림 | 추미옥 옮김

노르웨이 작은 마을의 노자매 앞에 어느 날 신비로운 여인 바베트가 나타난다. 프랑스 제일의 요리사 바베트는 자매를 위해 특별한 만찬을 차려내는데…… 20세기 최고의 이야기꾼 이자크 디네센의 대표 단편.

밤: 악몽

기 드 모파상 소설 | 토뇨 베나비데스 그림 | 송의경 옮김

19세기 세계문학사에서 3대 단편작가로 꼽히는 모파상. 그가 그려내는 어둠에 대한 동경과 공포. 파리 시가지의 밤 풍경과 현실과 비현실을 넘나드는 주인공의 의식을 통해 환상적이고 광기어린 분위기를 담아냈다.

장화 신은 고양이

샤를 페로 소설 | 하비에르 사발라 그림 | 송의경 옮김

프랑스 아동문학의 아버지 샤를 페로의 고양이 이야기. 가난한 방앗간 주인의 막내아들은 유산으로 달랑 고양이 한 마리를 받고, 고양이는 천연덕스럽게 장화를 신고 자루를 목에 걸고는 사냥을 나서는데……

개를 데리고 다니는 여인

안톤 체호프 소설 | 하비에르 사발라 그림 | 이현우 옮김

"제대로 살아보고 싶었어요!" 남에게 보여주기 위한 삶, 자신에게도 솔직하지 못한 삶, 그 안에 숨은 열정, 그리고 시작되는 사랑…… 로쟈 이현우의 러시아어 원전 번역으로 만나는 체호프 단편소설의 정점.

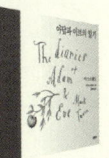

아담과 이브의 일기

마크 트웨인 소설 | 프란시스코 멜렌데스 그림 | 김송현정 옮김

미국문학의 아버지 마크 트웨인이 그려낸 인류 최초의 러브스토리. '이 세상'에 도착한 최초의 여행자 아담과 이브. 게으르고 저속하며 아둔한 '그'와, 쉴새없이 재잘대고 엉뚱한 짓을 저지르는 '그녀'가 새로운 '우리'로 거듭나기까지.